U0613177

詩意棲居

都本伟　著

都本基题

SPM
南方出版传媒
广东人民出版社
·广州·

图书在版编目（CIP）数据

诗意栖居 / 都本伟著. -- 广州 ：广东人民出版社，2020.12
ISBN 978-7-218-14833-5

Ⅰ. ①诗… Ⅱ. ①都… Ⅲ. ①诗集—中国—当代 Ⅳ. ①I227

中国版本图书馆CIP数据核字(2020)第219584号

SHIYI QIJU
诗意栖居

都本伟 著

出 版 人：肖风华

责任编辑：陈志强　王庆芳　范先鋆
责任技编：周星奎
配音朗诵：都本伟　房明震　刘　艺　于　彬　宋丽欣

出版发行：广东人民出版社
地　　址：广州市海珠区新港西路204号2号楼（邮政编码：510300）
电　　话：（020）85716809（总编室）
传　　真：（020）85716872
网　　址：http://www.gdpph.com
印　　刷：广东鹏腾宇文化创新有限公司
开　　本：889毫米×1194毫米　1/32
印　　张：10.5
字　　数：188千字
版　　次：2020年12月第1版
印　　次：2021年3月第1次印刷
定　　价：78.00元

如发现印装质量问题，影响阅读，请与出版社（020－85716849）**联系调换。**
售书热线：（020）85716826

都本伟，一位出生于贡格尔大草原的蒙古族汉子，根脉中流淌着草原民族的威猛血液，汉文化的长期滋润和诗词歌赋的多年熏陶，又造就了性格中侠骨柔情的一面，常以诗词营造自己的理想世界。曾为大学教授、博士生导师、书记，教育厅副厅长、省政府副秘书长，理事长，市长、市委书记等。著有哲学、美学、经济学、金融学、史学、教育学等专著译著多部，在国家核心期刊发表学术论文多篇，承担国家社科重大科研项目多项，出版诗集多部，诗风以抒情为主，畅叙亲友情、山水情、四季情、古今情。现居岭南，回归教育，再就业于广东东软学院，从事党务和政府督导专员工作。

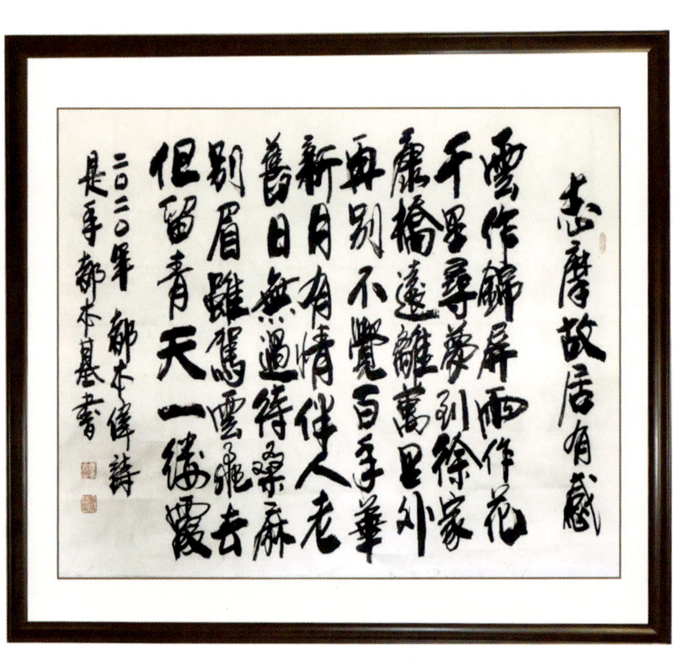

作者大哥、著名书画大师都本基先生为都本伟的诗作《志摩故居有感》创作的书法作品

序　言

大地情思奋笔扬

王向峰

本伟同志会写诗又好写诗这个特点，我在十几年前就已经深有所知了，因为我当时就读到了他写的部分诗作，并为他的结集出版的《和风细雨集》写了一篇序言，并主持了对于该诗集的研讨会，会后又由我把研讨会上的论文主编成《都本伟诗词论集》出版。在这之后不久，本伟从省里调任葫芦岛市市长、市委书记，五年后又转任东北财经大学党委书记，见面时我问他又写诗没有，他说公务太多，静不下心来写诗了。我以为他的诗情就此消退，再难继续。岂料他从东财转任广东东软学院的党委书记之后，诗情大发，又不断地写诗，在追求诗意地栖居中，使诗的题材更为宽阔，立意更为高展，语言也更为精到。他这时又把前期之作与身在南粤之作编在一起寄给了我，让我读后再写下意见为序。以下的文字就是通览他的全部诗作之后的一些想法。

本伟的这部《诗意栖居》，以情为中心，四辑皆以情成编，次序为亲友情、四季情、山水情、古今情，共收纳古今体的诗作近三百篇，显示出作者的诗情诗艺，不论读到哪一辑，走到哪里，都像春来大地上，必然是草木萌生，焕发一片葱绿。所以本伟诗首先令人感动的是情。陆机《文赋》中说："诗缘情而绮靡。"这句话里揭示的是诗由情生，而又必须予以艺术华美言辞的表现；而由于诗情是审美高级情感的构成，其情感必是情思，因而必然是包含着思想倾向的情思存在。

一、亲友情深

本伟入诗的"亲友情"，包含有伦理亲情和同学同志情。本伟为人知情重义，朴厚热诚，具有蒙古族的豪放开朗的热情性格，他在家是孝子，在社会是达人。他广发友谊之心，关心他人，人也多以他为友，在"亲友情"这一辑里广泛而深厚地表现了他的真情所在。

本伟是大孝子，对于父母都极为感恩和孝顺，在父母去世之后也永不退减缅怀追忆之情。他以无比深厚的感情，抒发了对父母的怀念痛悼之情：

> 生离死别足堪伤，日常思，夜难忘。
> 慈母音容，烙印儿心上。
> 犹记当年诀别日，悲不禁，断人肠。
>
> 昨宵梦里又还乡，老爹娘，正倚窗。

望子归家，涕泪一行行。
待到醒来情更苦，天上月，色昏黄。
——《母忌日感怀》

这首《母忌日感怀》用的是苏轼名词“江城子”之韵，虽有苏词之韵迹，但抒写的却是情真意切的母子情。本伟对父母恪尽孝道，有着深厚的感情，知天命之年，对殁世双亲更是思念与日俱增，父母的音容使他永远地魂牵梦绕，见之于诗，读之令人更是悲痛。

本伟这种父母情，在两首《清明祭》中又见深沉重现：

其一

一弯弦月映凄凉，星夜奔故乡。
多时未拜双亲墓，身远心常往。
而今肃立亲墓旁，再洒泪之伤。
清明儿女断肠日，生死两茫茫。

其二

天地崩，双亲梦断红山东。
红山东，年年风吼，儿女别痛。
儿时携我红山行，
而今相对影无踪。
影无踪，鹤飞天外，往事随风。

本伟在诗里虽说是“往事随风”，但那仅仅是时间，而父母之似海深恩却深刻在了心头。

本伟的深厚情谊也强烈地表现在对中学同学牛忠礼身上。

难诉思怀叠，怅今朝，茔烟缕缕，断魂时节。
犹记寒窗风雨沥，走笔风流蕴藉。
驰塞上豪情激越，曾笑傲书生意气，
叹匆匆星陨林花谢。频顿首，恨离别。

生前写就千千页，
只如今黄泉碧落，阵阵凝噎。
焚祭悼凭君览阅。新雨但怜催泪下，
慨真情燃火长无灭。酹浊酒，赋悲阕！

这首《焚祭》是一篇怀人佳作。诗友忠礼亡故，身后落寞，空留千千诗页。本伟给亡友出资出版了诗作，之后在其墓前焚诗集祭亡友，以告慰这位有诗作而未得出书的学友。此等率意之行足可比古人吴公子季札在徐君墓前树上挂剑之信，俞伯牙与钟子期死生不易的高山流水之情，管仲与鲍叔牙的贫贱不移之谊，这等友情见之于世道浇漓、人情如纸的时日，足以堪称旷代。

在这辑诗中，我还特感动于他在葫芦岛和东财任书记时写的三首诗。在他作为市委书记时，他写《美丽的心灵》诗，歌颂市里的医护人员为人民的健康辛勤奉职，视其白衣就是天使的羽翼："头上是白求恩的精神，脚下是南丁格尔的足迹。"可以想象，这样的赞美与鼓舞来自市委领导笔下的诗篇，对这一人民生命健康保护神的群体，会产生何等推动加油的助力！不仅如此，他在大学党委书记任上，犹能以崇敬之心写出《教师颂》，还有收在《校园颂》中的《辛勤园丁》，歌赞有小学、中学和大学教师的园丁群体，视他们为"我头上最灿烂的星空""我眼里最绚丽的彩虹"。"园丁多伟岸，树木就有多挺拔，民族就能走到哪"，这该是多么深知教师职业在国民精神塑造中极端重要作用才能写出的诗作！使我特别意外感动的是他还有一首题为《淳朴校工》的诗，在诗中对于清扫工、炊事员和木工等等这些连教辅人员都不是，但却是办学不可缺少的人员，表达了应有的评价和赞颂。这显示的也是本伟的挚热真情。

在这辑诗中，本伟更多的是对日常生活的体验和赞美，通过大量对于亲情的描写，又远高于血缘关系，更多地体现为广厚的仁者之心，给人崭新的博大之爱的体验。

二、四季情怀

人们从盼望一年四季中某个季节早去或早来，常说：没有一个冬天不会过去，没有一个春天不会到来。其实过去的还会到来，到来的还会过去。春夏秋冬，循环往复，运转不停，周而复始。人就生活在四季的时序之中，并随遇而产生各种复杂的感情状态。中国古代诗论与画论中，从一般的意义上都论述过人们易随四季节候而发生的感情状态而变化。如宋玉说："悲哉，秋之为气也，萧瑟兮草木摇落而变衰。"刘陆机在《文赋》中说："遵四时以叹逝，瞻万物而思纷；悲落叶于劲秋，喜柔条于芳春。"刘勰在《文心雕龙·物色》中说："春秋代序，阴阳惨舒，物色之动，心亦摇焉。……是以献岁发春，悦豫之情畅；滔滔孟夏，郁陶之心凝。天高气清，阴沉之志远；霰雪无垠，矜肃之虑深。岁有其物，物有其容。情以物迁，辞以情发。"郭熙在《林泉高致》中说："春山烟云连绵，人欣欣；夏山嘉木繁阴，人坦坦；秋山明净摇落，人肃肃；冬山昏霾翳塞，人寂寂。"这都是四时的山光水色对人有一种物我同构的召唤作用，或称之为心理暗示，使为诗画之人不免情由景起，因景抒情。且看本伟的《园中闲》诗：

庭前阳光暖，藤蔓挂南栅。啼鸟树头落，花枝赔笑脸。
孤翁藤下坐，清茶沁心间。乐音绕耳旁，诗韵著成篇。

诗中的啼鸟落树，花枝赔笑，而老翁独坐，清心品茶，享乐写诗。此情此景让人想到陶渊明的潇洒和脱俗。诗人能深入观察和体验生活并让生活转化为诗歌，诗歌就会告别苍白和空洞，回归真正的诗意栖居。且看其《春雪》：

春雪细细，空气更清新。
晨起推门堆雪人，一会雪花满身。
杏树昨日鹊鸣，今晨去哪浓睡？
双燕欲归时节，唯有雪人沉醉。

这首《春雪》写得清新，充满童真的可爱和智者的意趣。而在《盼燕》中，诗人写道：

春归庭里，鹊踏枝间，
残雪滋润酥田。
燕子一年一相逢，
为何春至还未见？

天净如洗，风轻拂面，
正可月下团圆。
但无鹊桥通南北，
忍却相思暂为仙。

无论写花写草，还是写雪写燕，一枝一叶总关情，即使是普普通通的一道栅栏，平平淡淡的一方晴空，一次春寒，一场冬雪，大自然的四季流转都能给诗人以启迪。本伟就是通过他艺术的灵感直观地诗化生活，从而使之达到一种美的境界。“万物静观皆自得，四时佳兴与人同”，只有心中远避世间的喧嚣、名利的得失，修为朴素无华的定力，才能充实自身的本质力量，在红尘世界里做此身属我有的逍遥游。这时春之绚烂、夏之斑斓、秋之浓郁、冬之肃然，都是属于自己观照和确证自身的对象，不论是在面前还是在心上，都会显得情趣盎然。

三、山水情长

人生活在社会中，其实社会却在自然中，自然界是人类最原始的家园。即使是人类社会发展到现代阶段，人也照样离不开自然界，甚或更加亲近自然，这也许就是人类精神返祖的现象。而人在自身本质力量的发展中，以自然存在为自身存在的对象，在对自然人化的实践过程中，也以文学艺术的媒介方式审美地人化自然，甚至达到“山水比德”的程度，也是中外诗歌与艺术史上不乏所见的事例。

在本书第三辑“山水情”中，本伟周游中外各地的山水风光，地旺风物，随时投入情思，移情化物，在自然景物上审美于自然，也直观自身。在他寄情的山川景物中，杭州的秀色、海南的风韵、桂林的秀美、庐山的奇观、草原的辽阔，以至自己的家乡、工作过的两座海滨城市，他都倾情去拥抱，一切的风光景物，一切的色彩和韵致，都显得是那样的可爱。而展现在诗人笔下的一切，都像是“诗来寻我”，而受动的诗人所见、所感、所悟，皆入于诗，自然、生活被诗化了、审美化了、艺术化了，而心灵也获得了山水风光的滋养。

他在诗中领略较多的是桂林——一个烟雨朦胧的城市，一个有着文化底蕴和诗一般境界的地方，到龙脊、到阳朔，登梯田、看漓江，留在心中皆如诗如画。古人说，“我见青山多妩媚，料青山见我应如是”，是天人合一的境界。他笔下的漓江和阳朔诗就有五首，这大概是他以一处风光写得最多的地方。

漓江之媚（其二）

万峰擎天秀，一水串渔舟。
唯此光和影，独为天下头。

漓江之媚（其三）

水绕山环漓江美，神姿仙态惑人醉。
一江清波胜美酒，诚邀天下有情人。

他写西湖夜色：

寂寞清秋月夜朦，湖光山色荡微风。
断桥路上无霜迹，落叶纷纷伴晚钟。

他写灵隐寺闻香：

西子湖畔山色重，灵隐寺中香气浓。
人间仙境知何在？到此不再觅新踪。

这些诗写的是自然风光，但却不单纯地模山范水，而是既有自然之在，又有主体之在的好诗。

读万卷书，行万里路，作者每到一地，都敞开心灵，迎对名山秀水带给他的震撼与感悟，祖国壮丽的名山大川的确让他生出无限敬意和柔情，一首首发自肺腑的歌唱自然流出。他常对友人说，旅行要带一颗感恩的心出发，更要带一颗丰盈的灵魂回来。诚哉斯言，这样的行走，心灵自然会升华、会超越，会生出广博的爱。且看他心目中的莲花岛：

义江水到莲花岛，围堰拦出苔藓草。
微风山出百柳绿，水漫河滩鱼踪杳。
野鸭戏水呈欢态，村姑采蔬含娇巧，
远客沉醉不忍归，提鞋河边打赤脚。
——《莲花岛游记》

“山出百柳绿”“采蔬含娇巧”，本自天然，大有真意。在这些诗中，诗人引导我们看湖山月色、椰柳桂菊，领我们观赏水泉石桥，体验云淡风轻。在普通人眼里的平常风景器物，诗人都可以解读出充满意趣的丰富内涵，赋予其鲜明的情感特征和社会属性。此时，草木有情，花月含羞，它们都具有了象征意义，是“物之色彩皆着我之颜色”，饱含着诗人的理想和追求。

在山水篇中，我还感动于本伟在葫芦岛市主政时，创作的三首抒情长诗《葫芦岛放歌》《家园颂》《心系这片土地》。这三首抒情长诗，有一个共同特点，就是对葫芦岛悠久的历史文化遗存和城泉山海岛自然风光的赞颂，以及对那里勤劳勇敢善良的人民的美好祝愿。抒情长诗所惯用的比兴、排比、对仗、声韵等手法让本伟运用得驾轻就熟，随手拈来，美好风光景致立刻浮现在读者面前，历史的遗风立刻吹拂到读者耳旁。请看“文明历史的葫芦岛”：“大龙宫寺恢宏雄奇，水上长城蜿蜒巍峨。宁远古城，点燃过明清历史的无情战火。英雄塔山，书写了辽沈战役最精彩的段落。”再看“美丽富饶的葫芦岛”：“首山三山峰峦如簇，虹螺山白狼山纵横捭阖。逶迤的山脊，是大自然清奇的骨骼。女儿河烟台河滋养千家，六股河大凌河润泽万物。蜿蜒的碧水，是大地上柔美的经络。”这样的描写是多么的豪情万丈，又是多么的柔情似水。请听：“你是春绽杜鹃夏开彩莲，你是秋菊吐芳冬雪缠绵。地上的草儿映衬翠绿，天上的云儿簇拥蔚蓝。”这是多么美丽的四季风景！请再听：“我多想，就这样，成为山间的一棵绿树：和白云手牵着手，与森林肩并着肩，装扮滨城青春的容颜！”这是多么的激情满怀！“我多想，就这样，成为城中的一枚灯盏：给街道添一分亮色，为人们报一个平安，记忆每一个华丽的夜晚！”这是多么的诗情画意！“我多想，就这样，成为山旮旯的一缕清泉：让每一个梦想都开花，让每一个日子都鲜艳，与父老乡亲共享全面小康的盛宴！”对那片的土地和人民，这是多么的依依不舍，又是多么的美好祝愿！这些抒情长诗非常适合在重大节庆活动中在舞台上集体朗诵，唤起人们爱祖国爱家乡的美好情感。这就是诗的力量！

四、古今情系

中国是一个有五千多年历史的文明古国，又有近现代民族民主革命和共产党领导的工农革命光辉历程，其中著名者、奉献者、杰出者、牺牲者、忠谏者、谄媚者、投降者，细加品鉴，类属仁人志士者有之，誉为侠肝义胆者有之，肖小败类者有之，历史流程中的忠与奸、贤与愚、真与伪、善与恶，皆不乏其人。作为诗人以诗贬恶诛邪，激浊扬清，是为本有的宗旨。

本伟在本辑诗中的选材，主要着眼于正面人物和名声不凡的女性人物。他写《端午祭屈原》：

汨罗水上祭屈原，万里无云问苍天。
惟楚奇才斯为盛，以身殉国行胜言。
星辰闪烁光辉耀，山川无语为哀怜。

端午每至粽相寄，伟岸英名代代传。

这是在歌颂忠贞不屈的爱国诗人屈原，批判的是楚国的黑暗政治，为伟大的诗人发不平之鸣。写屈原的杰出品格，也表现了其人在当时和今天的历史地位。

而中国人民忘不了的爱国音乐家聂耳，也是特别为本伟歌赞的天才。如果说人们年年端午纪念屈原，而作为国歌的《义勇军进行曲》的作曲家聂耳，他倾尽热血谱写成的雄强豪壮、悲而不伤的动人旋律，在中国每一天不知有多少庄严的场合由人们高声唱起，在提醒着中华民族今日尤当奋进，时时警惕中华民族危险的时候并没有过去！请读一读本伟的《聂耳颂》：

春城甬街知春堂，终留史上放光芒。
聂耳谱出义勇曲，定为国歌永传扬。
虽在异邦身殒命，强音大振国隆昌。
民族将兴虽先去，盖世英名永流芳。

在本伟的“古今情”专辑中，有多首写我党历史上的革命家的诗作，如邓恩铭、谭平山、韦拔群、王若飞等，本伟都曾到这些革命家的故里故居去拜谒，非有深厚革命情怀，少有人好作此行，因此其行为本身就十分感人。试看《红水河之歌——韦拔群烈士故里行》：

红河水绕到东兰，拔地群峰起高山。
魁星楼上运筹策，北帝岩下文武研。
满门被害终不悔，断头怒视慑敌顽。
八桂大地留风骨，革命雄风四海旋。

韦拔群烈士的这种为革命不惜付出身家性命的斗争精神，充分显示了共产主义战士为民众解放敢于牺牲一切的崇高精神，足以振顽立懦，带动人民敢于同剥削压迫的旧世界抗争到底。

此外还有几首写红军长征史迹的诗，如四渡赤水、遵义会议，以及参观渣滓洞等诗，也都值得一读。

在本辑中还有一些写有古代女性的诗作，如西施、虞姬、王昭君、赵飞燕、蔡文姬、上官婉儿、杨玉环、李清照等，这些人虽然不尽是高贤淑女，但各个多有故事，有些确也值得赞许，如宁为玉碎、不为瓦全的虞姬，不怯风沙万里行的王昭君，流落匈奴而思归故国的蔡文姬，“人比黄花瘦”的李清照等。诗中也写了颇有姿容和舞技的赵与杨这两个误国害政的皇家后妃。诗中写赵飞燕的《飞燕留仙》，写杨贵妃的《吟玉环》，都是偏重于写她们的歌舞容姿，而对于一个是“燕啄皇孙”（骆宾王语）的狠毒；一个是“霓裳一曲千峰上，舞破中原始下来”（杜牧诗句）的负面却略于批判，这也许是主题偏重所致，以至好似为“美女讳”。但是，诗写西施的秀美与婉约、貂婵的传奇与美幻、王昭君的悲怆与期望、杨贵妃的七夕盟誓与马嵬坡的香消玉殒，通过诗人的审美感悟，读者可以穿越历史的时空，与古人悠然心会，在感受和想象中，获得审美的愉悦。

对于在历史上被崇敬的人物，发思古之幽情，是古今诗人好走的诗路，所以，无论是运笔挥写古代美女、才女，还是以诗召唤出苏轼、成吉思汗、鲁迅、徐志摩等等历史人物，都是传递深重的历史信息，让人悠然神往于不同的风流人物。

本伟的诗，诗情浓厚，文采飞扬，其丰富的想象、深厚的意蕴，充满了作者发自内心的激情和源自生命本真的感动。这种激情，真实地流露出诗人对生命和生活的执着和热爱。他总能以学识和人格的双重力量，将心性的修养、精神的价值、人文的关怀，润物无声地融入流畅的表达中，让我们真切地分享到属于这个时代学人的激情与温暖。

本伟的诗词，兼顾古今各体，移步换形，变格改制，语言文字以表情达意为先；写旧体诗词制句，能合平仄粘连则求之，不能合平仄则以尽意为主，破格抒写，以直抒率真情性为准。我认为这也是旧体新出的一种可行方式。他今诗虽自由放旷，仍见出古典文化和语言的底蕴。本伟的各体诗歌，言情咏物，深入物理，深得古体诗词之真谛。

诗歌是语言的艺术，作者讲究语词的运用，尤擅长用动词给人审美的惊奇感和情感冲撞，追求的是司空图所说的“韵外之致”“味外之旨”，力求创造出动人心魄的情感、意趣、心绪和韵味。本伟扎实的国学、人文功底，深厚的哲学与文学修养，能令其出手不凡。吟诵他的诗句，分享他的浪漫诗情，我们会对人生和自然，对亲情友情平添深深的敬畏之情。

本伟在辽大读书和工作时，我们就多有交往，特别是他对美学的偏爱，使我们更是情趣相投，每以著作互赠。在他走出辽大步入仕途之后，彼此仍未相忘于江湖，尚多有联系，保持忘年的交谊。今天，他又以诗与我彼此切磋，深结诗缘，更留下了明天的话题。我想，今天我们可以一起沉醉在九月重阳的秋光里，观赏金菊硕果，醉情于霜林枫叶，送归北雁南飞，喜庆战疫成功，品味天地合德的妙音。

序后题诗两首，以结文意：

为政从文并有成，诗心学者不虚名。
苍苔屐齿留痕影，独得环中物外情。

大地情思奋笔扬，几多感慨入诗藏。
古今世事由心写，岁月无边路亦长。

2020年10月27日于辽宁大学望云斋

王向峰教授简介

王向峰，毕业于吉林大学中文系，辽宁大学文学院教授，曾任中文系主任、校学术委员会副主任、学位委员会副主席、辽宁省学位委员会委员。1990 年由国务院学位委员会直接评定为文艺学专业博士生导师，同时被北京师范大学聘为兼职教授和文艺学研究中心研究员并指导博士生。之后被吉林大学、山东大学、鲁迅美术学院等五所大学聘为兼职教授。现为中国作家协会会员，中国国学研究院专任教授，辽宁省美学学会名誉会长、诗词学会副会长。是中国文艺理论学会、辽宁省文联和辽宁省作家协会、文化交流协会顾问，辽宁省政协文史馆荣誉馆员。多年潜心于文艺学、美学的教育与研究，在CSSCI学术期刊与核心和重要报刊发表专业论文与评论600多篇，有20多篇被《新华文摘》和《人大报刊复印资料》等选刊转载。自撰与主编的专业著作60多部。论著在国家和省部级获奖30多次。2007年获辽宁省人民政府首届哲学社会科学成就奖。国家奖项有1992年国家教委的“优秀学术专著奖”，2004年中国文艺理论突出贡献奖，2004年第三届“鲁迅文学奖文学理论评论奖”，2006年的“首届中华优秀图书奖”。1989年获辽宁省暨沈阳市劳动模范称号，1992年获国务院特殊津贴。2013年被评为全国社会科学普及专家。

目 录

一

众里寻他千百度

亲友情篇

红叶，是你

深秋，
离开了你，
来到北美大地。
距离，
千里万里。

拾一片红叶，
寄给你，
她是那样的华贵，
多像你，
红色的风衣。
她是那样的深情，
多像你，
送我的玫瑰。

红叶，

就是你！
捧在手心，
与我甜言蜜语。
放在心头，
与我如胶似漆。

红叶，
从此，
离不开你。
夹在书中，
天天阅读你。
放在枕上，
夜夜守着你。

红叶，寄给你

自从离开你，
来到北美大地，
与你再分离。
看着红红的叶子，
飘来飘去，
好像并没离开你！

红叶属于树，
与枝在一起，
冬来了，
与树暂分离。
飘走了，
落在树根下，
虽然变成泥，
依然守着你。

拾一片红叶，
寄给你，
请把她放在你心里。
待春回大地，
叶茂再发，
又长在枫林里！

期 盼

九九艳阳高照，
清风掠过云天。
近旁鹊鸟远方燕，
不知有谁陪伴？

久已孤人习惯，
无需候鸟临前。
酒茶相敬吟诗篇，
记取人生初见。

我多想

我多想，
登上长城，
跨过长江。

我多想，
上黄山，
下苏杭。

我多想，
去圣洁的西藏，
古老的丽江。

我多想，
探茶马古道，
览大漠敦煌。

我更想，
更想靠近你，
飞到你身旁。

请借我一双翅膀，
向你的方向，
纵情飞翔!

期 许

异国异地异乡人，
无奈两处思亲。
相望相盼不相遇，
怎得安魂?

轮向他城易奔，
心往涯海难寻。
容若相逢再相近，
风和夜深。

喜相逢

云游北美看都城，
父女情长喜相逢。
南湖[①]北岸寻旧迹，
多城[②]小巷觅新枫。
人生半百忙忙碌，
唯有亲情不了情。
但愿儿女多奇志，
学有所成早归程。

注：

① 南湖指加拿大多伦多市之南的安大略湖。
② 多城指加拿大多伦多市。

星月谣

昂首对星繁，
月明五更天。
诚邀星月同举樽，
天地竟无眠。

酒香千杯少，
庭空一影单。
且赋新诗吟秋月，
人醉夜方安!

注：

爱女从美回国探亲，临走之际，夜不能寐，故作几首“星月谣”，以示依依不舍之情。

续星月谣

星儿闪，
夜无言，
推窗昂首对月圆。
同在异城盼秋雨，
清凉过后各自眠。

新星月谣

星儿闪，
夜儿朦，
一片祥云伴月行。
正是良辰美景日，
人间天上却不同。

续新星月谣

星儿闪，
月儿阑，
星月环绕不孤单。
人间怎比今日夜，
聚少离多难枕眠。

送女游浦江

浦东楼街现霓虹，
堤边父女揽江风。
两手相牵难分手，
往事如新似梦中。

但愿此行人长大，
归来已然学有成。
水到浦江终入海，
云游北美盼归程。

枫叶对雪花的情思

初冬，
你那里，
下雪了吧？
天上，
纷纷扬扬，
地下，
飘飘洒洒。

你知道吗?
白雪是枫的礼物,
叶落了,
才下雪花。
枫盖着雪,
一言不发。
那是默默,
思念的表达。
枫期盼:
雪大些吧,
飘飘下!
跨千山,
涉万水,
白雪飞向,
远方的家!

飞走的燕

秋天，
北方的燕，
又南迁。
浑河，
早春的景，
常浮现。

燕儿，
带走温暖，
和梦幻。
留下，
空寂的原野，
和思念。

温润，
南方的空气，

湿又暖。

寒冷，
北方的山，
雪漫漫。

再暖，
异乡的梦，
太虚幻。
再冷，
正午的阳，
总还暖。

燕儿，
快归来吧！
房有檐。
冬夜，
快过去吧！
带走寒。

祭祖

吾祖乃元朝之都达鲁花赤，传为蒙古草原首领，驰骋朔漠，横扫千军。后为胶东半岛封疆大吏。元灭后，明太祖朱元璋赐都为姓，予其后裔。今在烟台牟平北头村的都氏宗祠供奉着始祖的神位，保留着都氏族谱。每年都有都氏子孙从全国各地回去祭祖。

踏漠千秋如卷席，
驰疆万里马蹄疾。
无边大海翻作浪，
挺立潮头谁敢欺？

天渐远，梦无期，
都氏辈辈逐浪击。
始祖伟业名千古，
后人承载更奋蹄！

族聚颂

某周日，在沈阳陶朱公馆春秋厅，被邀参加蒙古同族会，酒醉人去后，自度曲一首，以记之。

“春秋”唤来群雄，
纷聚拢。
异乡寒雨，
难抵族人梦。

兹此后，更奋蹄，
马不停。
踏遍青山，
大地任我行。

焚 祭

诗人钟礼先生是我的中学同窗，一生创作了500余首诗歌，在报刊上发表了400余首，但未有诗集出版，这成了他的终生遗憾。

2006年春，他因心脏病突发倒在了马路上，再没能起来。为了弥补他的终生遗憾，经家属同意，我将他的全部诗稿精选整理编辑成册，并出资为他出版了诗集。在新书出版后的2008年春，钟礼先生两周年忌日之际，我来到了他墓前，将他倾其一生的诗集焚掉，并作词以纪念。

难诉思怀叠，
怅今朝，茔烟缕缕，
断魂时节。
犹记寒窗风雨沥，
走笔风流蕴藉。
驰塞上豪情激越，
曾笑傲书生意气，
叹匆匆星陨林花谢。

频顿首，恨离别。

生前写就千千页，
只如今黄泉碧落，
阵阵凝噎。
焚祭悼凭君览阅。
新雨但怜催泪下，
慨真情燃火长无灭。
酹浊酒，赋悲阙。

盼 聚

日近重阳迎碧树，
情满亭楼，
盼聚无人处。

谁把真心来倾诉?
寒来暑往无期数。

共议诗书评李杜,
对酒当歌,
别语眉还皱,
天长地久谁能有,
山高水远知何处?

三十年聚会感言

三十寒暑一瞬间,
地北天南雨如烟。
山河依旧催人老,
音容笑貌仍如前。

梦里常忆同窗谊，
醒时不觉白发添。
聚散本是平常事，
但留情义在人间。

同窗别

共饮频举杯，
道尽离愁，
垂星皓月伴人归。
总记当年读写处，
旁有人陪。

聚散两相飞，
有憾难说。

十年再遇鬓毛衰。
那时相逢如相认，
知与谁陪？

叙旧（二首）

其一

匆匆三十年前友，
左右江边叙旧游。
何处飞鸿惊梦醒，
一江秋水载双舟。

其二

三十年前吾识君，
沈水之滨沐阳春。
分别历经风吹雨，
依旧情深是故人。

离 篇

人生悲与欢，
何处寄离篇。
穷目四觅知己，
星空对枕眠。
众里寻他百度，
菩提膜拜千遍，

心照苦无言。

子期早逝，
红楼梦残。
飞天揽月易，
徒步今生觅已难。
英雄自古气衰，
红颜从来命短，
才情难得兼。
莫解红罗裳，
为待三生缘。

相聚欢

一夕，与二十年前大学教书同事相聚，夜不能寐，思绪联翩。

醉酒友散人归后，
闭户慢卷纱帘。
晚风淅淅夜阑阑，
举头望月，
心潮逐浪翻。

学院相识二十载，
而今情谊再添。
吟诗填词表心欢。
交杯换盏，
再邀五十年。

人生感悟

早岁不知有累，
工学伴过人生，
而今真该悟出情。
生活虽平静，
心底有回声。

茫茫沉梦该醒，
人间几度春风？
容颜易老如浮萍。
后生会有意，
岁岁更年轻。

谢新恩

广西壮族自治区农村信用联社谢建辰理事长，与我是忘年交。我去广西，与我寄情八桂山水，友情倍增。在凭祥，作词一首，以记之。

昨夜凭祥雨濛濛，
送兄返邕城。
礼陪八桂数日，
行山水，
寄友情。

却别日，
难分手，
心意诚。
一壶浊酒，
三杯两盏，
醉卧途中。

拜师记

儿时曾随母练字，但终未成器。今再拜大师，旧好重操，立志成器。

儿时母书侧旁看，
至今墨迹存念。
立志挥毫黑白间，
儒雅飘逸，
挥洒在人前。

一晃人生五十年，
书写时继时断。
今日拜师再续练，
篆隶行草，
颐养惜天年。

致何庆良

——读《孝心不能等待》感赋

无边大爱撼山河，
有限人生动地歌。
母子情深深似海，
忠孝两全世人说。

思亲人

六九日夜，
隔鼠牛两岁相望。
相约网上，
音容喜无恙。

月余时光，
填词曲共赏。
诉柔肠，
离歌又唱，
归途在何方？

母忌日感怀

生离死别足堪伤，
日常思，夜难忘。
慈母音容，
烙印儿心上。
犹记当年诀别日，
悲不禁，断人肠。

昨宵梦里又还乡，
老爹娘，正倚窗。
望子归家，
涕泪一行行。
待到醒来情更苦，
天上月，色昏黄。

母亲节感怀

人生憾事足堪吟，
有养无寄最痛心。
望儿山头石娘远，
大海涛涛更思亲。
慈母恩深深似海，
侠骨柔情情永真。
万家娘在有节过，
而吾亲亡难渡今。

清明祭（二首）

其一

一弯弦月映凄凉，
星夜奔故乡。
多时未拜双亲墓，
身远心常往。

而今肃立亲墓旁，
再洒泪之伤。
清明儿女断肠日，
生死两茫茫。

其二

天地崩，
双亲梦断红山东。

红山东，

年年风吼，

儿女别痛。

儿时携我红山行，

而今相对影无踪。

影无踪，

鹤飞天外，

往事随风。

天地对话

天，很遥远，那是父母魂灵所在。
地，在眼前，父母的骨灰在里面。

又是祭日，又立碑前。
秋雨，儿女的泪，落叶，草木的寒。

爸爸妈妈，你们好吗?
我们又来了，诉说心中的思念!

秋去冬来了，注意防风寒。
天短夜长了，早点关墓帘。

好长时间了，未吃儿女做的饭。
妈爱吃的饺子，爸爱吃的面，已摆在了你们面前。

你们冷吗？火和纸已烧完。

你们寂寞吗？儿女写的书摆在外面。

你们感应到了吗？全家又团圆。
儿女在外边，你们在里面。

秋雨，停了，霜叶，落了。
儿女们启程了，带着对你们的无限怀念……

可不可以

时间可以分解吗？
可以。
所以我用每一秒钟想你。

空间可以分割吗？

可以。

所以我用每一处凝望想你。

思想可以分散吗?

可以。

所以我用每一个闪念想你。

身心可以分离吗?

不可以!

所以我用全身心想你。

你我可以分开吗?

不可以!

但却总是你在那里，我在这里。

避 雨

夜出逢雨，
匆匆西亭避。
冷风初尝早春寒，
始觉轻装薄衣。

楼外雨影斜飞，
亭内佳侣徘徊。
彼此相依相偎，
何惧冷风冷雨。

等你，在雪中

等你，在雪中，
看银色的纷扬，
悄然编织着缎带；
一园的翠柏如伞盖，
在树下，等待。

想象在雪中，
你的到来，
寂寥的心情，不再；
在今天的雪中，
却是这般无望的，忍耐。

遥远有多远

遥远，是时间。
记录着走过的路，掠过的天。

遥远，是空间，
隔着千条水，万座山。

遥远，是儿时的梦，
托着理想，让风鼓满了帆。

遥远，是曾经的路，
并肩走过，爱在心田。

遥远，是未来的船，
载着满天的星，迎着如锦的花环。

而现在啊！遥远是思念，
沐浴和风细雨，情满心间。

我喜欢

我喜欢倾听，听小鸟的轻鸣，
装点着晨园，唤醒黎明。

我喜欢远望，望满天的辰星，
辉耀在夜空，映衬窗棂。

我喜欢春风，吹开了湖镜，
满园的花开，愉悦心灵。

我喜欢秋景，待山色霜重，
摘一片红叶，寄托深情!

我喜欢临海，听大海的涛声，
看海天一色，云涌云倾!

贺中港银行业签约

七月流火涌京城，
满堂结彩满堂红。
中港同业齐聚首，
南北银家共叙情。
一纸约签订合作，
八方宾客证国兴。
金融海啸风波起，
联手抗击险无惊。

题祖孙合照

桐城初识有七年，
六尺巷子始续缘。
祖孙政商齐发力，
南北呼应皆尽欢。
江山亦老神气在，
岁月无痕更美颜。
而今相逢在恩大[①]，
珠江两岸捷报传。

注：

① 恩大是孙女都丽华在深圳创立的医疗健康企业。

遥祝媛妹六十寿辰

当时塞北手足情，
兄妹荣登金榜名。
居家孝慈两兼具，
在外友善一群朋。
诗书在手勤润笔，
为人作嫁常助功。
遥祝期颐今日寿，
百龄半度更年轻。

2020.6.16于岭南佛山

减字木兰花·吟双兰

黔南夏日，
同在月明花树下。
那夜河边，
酒醉长堤共渡船。

木兰淡雅，
任是春风吹不散。
蕙兰幽香，
更使春花满故园。

2020.7.8晚于贵州遵义

忆秦娥 · 缅怀都氏先烈

吾叔辈都元和、兄辈都本修在解放战争中，随四野转战南北，参加了辽沈战役、平津战役、渡江作战，1950 年 3 月，作为四十军 800 多位“渡海先锋营”勇士，最先渡海作战，英勇牺牲在海南儋州临高角一线海滩上，为国捐躯，为海南的解放献出了年轻的生命。今天，我来到他们牺牲之地，缅怀先烈，特填词一首，以记之。

涛声咽，
和修战死临高岸。
临高岸，
山海作证，
都氏豪冠。

海峡强渡滩涂战，
捐躯为国冲霄汉。
冲霄汉，

英雄血染，
海南红遍。

2020.7.29
于海南临高角解放公园作

教师颂（歌词）

你是我头上最灿烂的星空，
珍藏着无尽的憧憬。
用光明驱散黑暗，
把知识教给学生。
你编织了青春的梦境，
为学子指明了前程。

你是我心中最辛勤的园丁，
守护着美丽的花茎。
把希望播进田野，
让大地郁郁葱葱。
你流下了辛勤的汗水，
为祖国培育了精英。

你是我眼里最绚丽的彩虹，
呈现着无限的美景。
让烛光照亮未来，
用生命铸就忠诚。
你践行了教书育人的使命，
谱写了无悔的人生。

你让每一颗心灵都激动，
你让每一份友谊都真诚。
沧桑是你的足迹，
奉献是你的回声。
你种下青山，

峰峦收藏你的背影。
你培育桃李，
岁月留下你的英名。

教师节抒怀

秋园满地果花香，
天气近重阳。
春来撒下种子，
秋季稻花黄。

思往事，惜时光，
路茫茫。
此生终想：
心系园师，
情老学堂。

校园颂

美丽校园

樱花是你的春装，
银杏是你的秋容。
看见你，
就会看见，
尖山顶上的松柏，
之远楼前的梧桐。

知识的圣洁，
辉映劝学楼的明灯。
学术的探索，
浸润大连湾的涛声。
书卷的芳香，
衬托着学子们青春的背影。

即使走遍千山万水，
也总是枕着你的体温入眠。
即使经历岁月蹉跎，
也总是不能忘记你的身影。
人生的旅途上，
阅尽无数的风景。
尽管有的色彩缤纷，
有的震撼心灵，
可什么都比不上，
你在学子心中美丽的面容。

你过去陪伴我们健康长大，
你现在倾听我们前进的歌声。
无论走多远，
都仿佛听到一个声音：
东财，我们的母校。
无论走多久，
都仿佛听到一个声音：
母校，我们的光荣。

辛勤园丁

虽说是一方斗室，
却衬托出你胸襟的博大。
虽说是一块黑板，
却囊括了你理想的图画。
即使是日月洪荒，
也掩不住你思想的光华。

耳边是蝉鸣鸟唱，
心中是熔炉火花。
思想走多远，
园丁多伟岸，
树木就有多挺拔，
民族就能走到哪。

读你的背影，
我们知道了魏晋风度，
还有雨韵与霜华。

品你的文章，
我们触摸到文化血脉，
还有责任与国家。
听你的话语，
我们懂得了诗和远方，
还有土地与桑麻。
看你的目光，
我们感悟到点灯的心，
还有期待与牵挂。

多少个日日夜夜，
变成了你头上的雪花。
多少次倾囊相授，
消瘦了你清癯的脸颊。
可你知道吗？
那些明天的参天树，
那些曾经的山里娃，
心中永远亮着一盏红烛，
无论在海角，

无论在天涯。

莘莘学子

风声雨声，
不曾惊扰你的梦境。
日升日落，
不曾遮蔽你的目光。
你说，学海无涯，
我说，青春神圣。
你是虔诚的青鸟，
在摇响明天的七彩风铃。
你是矫健的海燕，
在追寻彼岸的海阔天青。
你踏着前人足迹，
又何必在乎泥泞。

时间是青春的年轮，
书籍是人生的明灯。

与马克思恩格斯对话，
与李嘉图凯恩斯同行。
开一片天，
爱一个人，
攀一座山，
追一个梦。
不负青春的无怨无悔，
不负父母的嘱托叮咛。

你的每一缕呼吸，
都会吹成美妙的音符。
你的每一个眼神，
都会映衬迷人的霓虹。
当命运主人，
做民族脊梁。
爱，永远不会迟到，
梦，永远都会年轻。
直到有一天，
你挥手远行，

才会感到，
校园留在你衣上的余香，
还有唇角浅浅的笑容。

淳朴校工

每个拂晓，你来时，
还是星斗满天。
每个夜晚，你走时，
已是寂静入眠。
汗水浸软的老茧，
是你无声的诺言。

挽一下发白的衣袖，
拧紧一天的钟弦。
揩一把疲惫的眼角，
注入无限的爱怜。
校园是时钟你是秒针，
时刻围着时光飞旋。

你的嘴角露着“誓言”：
勤劳，智慧，勇敢。
你的手里持着“法器”：
炊具，锤子，铁锨。
你是最普通的校工，
你是最可敬的平凡。
但却把平凡变成奇迹，
把复杂变成简单。
用巧手编织绚丽，
用爱心美化校园。

生命中有你，
才有窗明几净春色满园。
生活中有你，
才有饭菜飘香笑容灿烂。
一生中有你，
才有家一样的温暖。
尽管你不在乎荣耀，
不介意称赞，

可我知道，你的爱，
永远真挚，
永远让人久久依恋！

东财是个好学校（歌词）

樱花是你的春容，
银杏是你的秋装。
每天的朝阳，
挥洒在求学的路上。
东财是个好学校，
博学济世，教学相长。
胸怀人生的大志，
实现青春的梦想。

梧桐是你的身姿，

尖山是你的脊梁。
每晚的夜色，
映在勤读的课堂。
东财是个好学校，
师资雄厚，学生优良。
绘出美丽的图画，
谱写动人的乐章。

之远楼中教学忙，
图书馆里飘书香。
每日的操场，
展现青春的力量。
东财是个好学校，
立德树人，桃李芬芳。
牢记总书记的重托，
再创东财未来的辉煌。

注：

2017年3月7日，在十二届全国人大五次会议辽宁代表团会议期间，习近平总书记接见我时称赞：东财是个好学校！故作词一首以记之。

毕业歌（歌词）

依然是樱花的芬芳，
落在我们稚嫩的肩膀。
之远的课堂，
散发着醉人的书香。
言传身教的老师，
为学子阐述思想。
我们收获了智慧，
还有诗和远方。
在东财的日子里，
我们学会了面对挑战，
不再迷惘。
东财是东财人的图腾，
东财是东财人的信仰。
无论明天身在何方，
梦想并不遥远，
青春永不散场。

依然是梧桐的绿装，
遮在我们青春的面庞。
尖山的小路，
编织着美丽的忧伤。
嘴角微笑的同窗，
为年轻岁月歌唱。
我们收获了爱情，
还有泪和理想。
在东财的日子里，
我们学会了面对挫折，
不再惆怅。
东财是东财人的家园，
东财是东财人的希望。
无论明天身在何方，
成功并不遥远，
青春永驻心房。

依然是银杏的金黄，
映在我们矫健的身上。

绿茵的操场，
绽放着蓬勃的力量。
目光自信的队友，
为青葱年华鼓掌。
我们收获了友谊，
还有笑和原谅。
在东财的日子里，
我们学会了面对机遇，
不再彷徨。
东财是东财人的未来，
东财是东财人的向往。
无论明天身在何方，
母校并不遥远，
青春永放光芒。

美丽的心灵

——献给“最美医护人员”的歌

蓝天美在七彩的虹霓，
人间美在圣洁的心曲。
即使没有翅膀，
即使一袭白衣，
你也无愧天使的赞许。
你的笑容融化病痛，
你的巧手修复生机。
手术台前，总有等不完的守候，
诊疗室里，总是数不尽的相遇。
多少个不眠之夜，
多少个灿烂晨曦，
头上是白求恩的精神，
脚下是南丁格尔的足迹。
高尚是高尚者的皈依，
优雅是优雅者的步履。
没有叮咛嘱托，

没有豪言壮语。
笑意写在脸上，
责任铭记心底。
白口罩遮不住善良的面庞，
工作服掩不住轻盈的身躯。
治疗时，你怀着父母一般的心情，
护理时，你带着姐妹一样的情谊。
你是滋润心灵的信风，
你是传递幸福的花季。
让患者燃起生活的勇气，
让职业创造生命的奇迹。
平凡孕育人生的精彩，
细雨浇灌文明的花期。
无私，是你的本色，
博爱，是你的讯息。
忙碌在病床前，
穿行在病区里，
不嫌脏和累，
不计较委屈，

你的倩影却是最美的美丽。
天空因你而清澈，
大地因你而翠绿，
你的姓名早已定格，
定格在城市永恒的记忆里。
一座城市有一座城市的梦想，
文明城市是葫芦岛奋进的归期。
一滴水，能折射太阳的光辉，
一颗心，能承载人生的美丽。
来吧，工农商学兵，
向美丽的天使学习！
看吧，城泉山海岛，
歌颂无数好人的传奇。
巍巍长城为你们树起丰碑，
浩瀚大海为你们再谱新曲。
无愧“美丽”的称谓，
将“救死扶伤”精神，
写在这块生你养你的土地。

梦幻礼赞

——听舒曼

似天籁般飘来的柔美的旋律，
温馨了当晚的夜空。
星星格外的闪亮，
似乎情人的眼睛。
似天使般飘下的美丽的倩影，
衬托了弦月的美景。
明月格外的动情，
似乎陪伴你飞行。
那是你的《童年情景》，
遥远的爱的呼声。
那是你的《莱茵交响》，
不屈的爱的奋争。
琴键弹不尽梦幻的礼赞，
法庭维护了弱者的真诚。
莱茵河流过广袤的国境，
是你的缠绵的旋律，

似水柔情。
黑森林生长在肥沃的土地，
是你的坚定的音符，
华丽透明。
感动，
是阳光下，
或阴雨里，
共同的风景。

爱的箴言

——听勃拉姆斯

舒缓，像山里的溪流，
悠然，像地里的麦浪，
蕴藉，像湖里的游鱼，
婉转，像林里的鸟唱。
你是春天的垂柳白杨，
你是夏天的如火骄阳，
你是秋日的天高气爽，
你是冬季的白雪茫茫。
你的内心，
压着炽热的岩浆。
你的大脑，
蕴藏着火热的思想。
你的乐思，
化成挚爱的乐章。
你的双手，
弹出灵动的欢畅。

谁说你没有爱的浪漫，
你的坚守，
就是水边的高杨。
谁说你躲避情的困扰，
你的琴音，
就是湖上的船桨。
谁说你日子太苦，
你的幸福，
就是音乐的疗伤。
谁说你情商太低，
你的高贵，
就是墓旁的素装。
云雀，
又在山中叫了，
那是天使的咏唱。

为云毕业典礼而作

云作礼堂网作花，
东软学子毕业啦。
四载春风却旧貌，
六月网课出新芽。
星光大道留胜迹，
沿湖小径捎情话。
诗与远方齐召唤，
南粤大地放光华。

2020.6.19作于广东东软学院云毕业典礼上

双节致故乡

天南地北赏月光，
隔山涉水望故乡。
六十春风化细雨，
十八夏荷开满塘。
南北商经有差距，
兄弟情谊无短长。
举杯共度国庆节，
携手并肩奔小康。

注：

六十指在东北生活工作六十年，十八指在广东工作生活一年半。

2020年国庆中秋双节作于南粤

抗美援朝胜利赞

七十年前起狼烟，
战火烧到我江边。
主席拍案一声吼，
彭总横刀立马前。
雄狮百万奔朝鲜，
溃敌三八线以南。
舍生忘死凌霄志，
保家卫国捷报传。

2020.10.19晨作

二
春花秋月何时了
四季情篇

春 雪

春雪细细，
空气更清新。
晨起推门堆雪人，
一会雪花满身。

杏树昨日鹊鸣。
今晨去哪浓睡？
双燕欲归时节，
唯有雪人沉醉。

春 园

庭园春归何处?
化雪冻土复苏。
枯藤吐新芽，
细草点点露出。
风渡，风渡，
一时鹊满枝头。

春寒

前庭雪堆三尺厚，
南栅杏树一棵枯，
有鹊枝间诉孤独。

劳燕自从分飞后，
春归踪影仍却无，
但凭魂梦在太湖。

春否

春分已过风细细，
园草泛青，
点点露春意。
枯藤不知春消息，
根秃枝冷无处绿。

庭院青青青几许?
三月风来，
有黄亦有绿。
自然应是多物种，
早春晚春各有期。

梦 春

酒后门庭深锁，
梦中杨柳低垂。
清明过后春意闹，
坪草茵茵绿，
微雨细细飞。

记得去春初见，
移来花木培栽，
恰逢双燕正归来。
当时晨阳在，
满园花枝开。

盼 燕

春归庭里，
鹊踏枝间，
残雪滋润酥田。
燕子一年一相逢，
为何春至还未见？

天净如洗，
风轻拂面，
正可月下团圆。
但无鹊桥通南北，
忍却相思暂为仙。

春 梦

昨夜幻曲睡中听，
今晨醒来醉未醒。
梦春春来几时迎？
隔窗棂，
窥外景，
树在眠中院空静。

檐下双鹊相向鸣，
日破云霞初现影。
园中草色已露青。
风轻轻，
鸟嘤嘤，
今日春光映满庭。

咏 梅

取毛泽东和陆游咏梅词之中间诗路而行。

雪卧枝身重，
梅开点点红。
不与群芳争奇艳，
独吟春之声。

寒来香不损，
月下色愈浓。
世间唯此一芳华，
笑傲在暮冬。

节 后

春节过后不见春，
融冰初冻。
飞雪雾朦，
野沃山秃尽日风。

笙歌散尽乡亲远，
更觉心空。
满园寂静，
有鹊双飞落枯藤。

续节后

雨水节气飞雪漫，
只道春寒。
谁道春寒?
寄词牵念暖心田。

双鹊流连鸣枝间，
懒把帘卷。
待把帘卷，
相思泪落湿衣衫。

咏秋园

谁道晨园寂寞?
月季仍自红肥。
铁木挺挺苍劲旧,
皂角高高朝日辉,
群鸟动欲飞。

牵牛花开正好,
沙果结得头垂。
南瓜熟得奋拉地,
园中乐的又是谁?
主人眉色飞。

秋 思

秋叶飘飞杏枝稀，
鸦雀过声低。
两排疏树，
一藤枯蔓，
数度风急。

阴天欲雨秋声疾，
花落又有期。
无情岁月，
有情芳草，
两相难离。

七夕歌

一张几，
两处残椅，
三十载更替，
四海乾坤难寻觅！

一份心，
两厢情意，
三生缘注定，
四面相思无穷已！

中秋有感（四首）

其一

晨风起落青草茵，
曙光初映繁花锦。
中秋已过天渐冷，
尤惜岁月难舍今。

其二

又是一年明月满，
形单影孤秋寂寂。
花草渐衰西风落，
不知来年发几枝？

其三

深秋落叶黄，
持剪修树棠。
四季又轮回，
花谢心忧伤。
慈母离四载，
天地两茫茫。
醒时忆深恩，
梦里回故乡。

其四

残阳渐西落，
不时月东升。
岁岁花相似，
年年人不同。

九月九

秋早树飞花，
飘落满园如画。
行至小路深处，
有松鼠戏耍。

春来所见开百花，
叶落景更佳。
醉卧树藤荫下，
赏秋实秋华。

秋 园

鸟啼风爽吟秋园，
芳草绵绵，
花锦团团，
日照高藤叶上悬。

草衰花落知多少？
目仰云天，
不日门前，
满园枯黄独自怜。

秋 雨

秋风冷雨，
浇落离愁窗外去。
独个凄切，
满地飘零花自息。

回首春园，
草长莺飞枝叶繁。
寄语青天，
快过今秋到来年。

红叶知己

深秋，
拾一片红叶做知己：
她有高贵的雍容
与非凡灵气；
她有着恋人般的渴望，
如胶似漆；
她是忧伤的飘离
与酣畅的秘语；
她是温馨的慰藉
与绵绵的情意；
她是上帝派来的
神秘天使；
她把秋天的爱恋
写入蓝天大地！

立 秋

早迎立秋时节，
草上露珠啼咽。
残红太伶仃，
清风陪她花歇。
花歇，
花歇，
似是人生有缺。

和刘禹锡咏秋诗

谁言秋日花已凋，
而今逢秋不萧条。
且看枝头果正闹，
好比事业节节高。

初秋感赋

初秋该有新情绪：
凉了清风，
结了南瓜。
摘了红果满口沙。

假日该有闲情乐：
飘着竹笛，
练着书法。
随后园内再赏花。

中秋赋

中秋，
有一种情思寄遥远。
白的云，
蓝的天，
飞的燕，
穿行着我的思念。

中秋，
有一种情愁在遥远。
空的谷，
静的水，
雪的山，
你的影子不在身边。

中秋，
有一种情愿在今晚。

明的月，
朗的天，
人两边，
有缘千里共婵娟!

芳草诗情

晨早怎生过?
览秋园,
倚棚吟和。
芳草鲜依旧,
但却孤人一个,
么么么!

人生匆匆过,
谁拟待,
诗书结果?
看世人,
忙忙碌碌为,
有几人心燃火!

独 吟

春花秋月本自然，
不羡牡丹，
独爱雪莲。
迎风傲雪不畏寒。

潮起潮落本天然，
不作鸦雀，
甘为海燕。
搏涛击浪尽欢颜。

云水谣

云淡淡，
水悠悠，
两难留。
白云掠过头上，
溪水流过瓜洲。
云水不期相遇，
过后两处闲愁。

注：

今年伏旱，连续几月未雨，庄稼枯黄，故作若干首“云水谣”，以求上天赐水。

续云水谣

云掠天，
水经地，
两相依。
风过微云淡去，
雨后流水渐离。
但愿风云再起，
云水相遇有期。

新云水谣

云聚水，
水释云。
云与水，
两难分。
云挥舞伴水，
水飘洒戏云。
水是云之质，
云是水之魂。

续新云水谣

云是水，

水是云。

云和水，

不可分。

云是水之影，

水是云之身。

云水相聚日，

喜雨泪淋淋。

再云水谣

云摇摇，
水飘飘。
云水缘，
风来召。
久旱盼云摇，
久违唤水飘。
何时风再起？
云水地上浇。

再续云水谣

云呀摇，
雨呀浇。
云雨呀，
快来呦！
草有你更青，
花有你更娇。
想你情也急，
盼你心更焦！

梧桐与雀窝

今晨杏树雀筑窝，
去岁梧桐待新说。
预兆家国喜事多。

春枝已然结秋果，
藤上喜雀唱新歌。
人间能有几人和？

注：

去春房后自生一棵梧桐，今夏庭前杏树偶筑一雀窝，故生联想。

晨园

观花赏草引莺鸣，
独揽掌中风。
庭前绿带初阳映，
一丝柳，万种柔情。
洒水繁花滴露，
风吹叶叶摇英。

秋光渐觉到园庭，
依旧赏新青。
流连蝴蝶疑春日，
又飞来，莽撞黄蜂。
惆怅双鹊未到，
唯闻一曲孤鸣。

夜 读

园寂静，
夜凄清，
抖落穹庐三两星。
谁说初秋月色冷，
好书伴我到黎明。

夜 思

午夜星辰伴月明，
居家难入梦。
点青灯，
起来独自绕园行。

花草静，
有鹊但无鸣。

半百为功名，
有谁知吾意，
悟人生？
四周天籁静无声，
知音远，
心事有谁听？

摘 园

昨儿细雨庭前落，
绿草茵茵，
果子沉沉，
有燕归来树上吟。

晨起又临初秋景，
满抱瓜身，
喜获丰林，
老兄摘园乐在今。

窗 外

房角晨曦一缕霞，
斜辉映照满园瓜。
杏枝金叶似春花。

藤动鸟鸣飞喜鹊，
户开风入舞窗纱。
深秋秀色绕余家。

春 分

一年又春分，
燕子回飞时节。
农夫把犁备耕，
干枝落喜鹊。

备耕正是需雨时，
问天有云接？
千里风鹏正举，
云聚雨横斜。

盼 春

春至不见春，
冷风透衣襟。
翠袖寒天怯，
杨柳寂寂吟。

此意有谁知？
怨与孤梅远。
雪盖三尺厚，
何时是春天？

春 到

杏枝发芽，
报春花开，
久盼双燕终归来。
庭前晨阳照园暖，
持锹弄土种蔬菜。

湖岸柳绿，
果园树栽，
小径清幽花两排。
此时春风正送爽，
物我无不笑颜开。

留 春

金风送爽，
满丛嫩叶春花黄。
肥土培杨，
一树绿枝向天长。

晓来突想，
要邀画师入庭堂。
美景不常，
应把春意留画上。

晨 遇

晨起轻衣去散步，
春光洒满路。
桃园花初茂，
风拂细柳，
绿荫悄悄住。

梨杏依稀香暗透，
正欲拈花嗅。
忽闻人语声，
无约寻春，
有客紧随后。

正月十五

金牛刚别银鼠，
又逢正月十五。
空中礼炮声声响，
檐下灯笼点点红。
夜清窗子明。

我家独女都城，
互联网上相迎。
难怪昨宵夜梦好，
原是今朝喜事生，
佳节又重逢。

咏 夜

明月高悬，
冷淡清光在天上。
与谁共赏？
千里话凄凉。

群星满天，
正可入梦乡。
空惆怅。
帘卷遮窗，
忍把夜色来挡。

夜 语

酒后茶聚，
相对窃窃语。
酒不醉人人自醉，
茶香沁入心扉。

灯已暗夜漆黑，
无言再话别离。
门已闭帘低垂，
无奈还是难睡。

夜 巡

酒后迟归不能睡，
乘月夜出观星垂。
迎面学子回宿中，
唯我夜深不肯归。

心切切，夜黑黑，
观星赏月梦又回。
南燕此时同星月，
明朝何时往北飞？

夜 醒

门外雨雪飞，
窗内幕帘垂，
夜半醒来无意睡。
慵起披衣，
遍拣陈书柜。

李杜千千册，
诗书页页垒，
难表雪夜相思意。
不如填词，
还忆彩云追。

午夜思

夜已落，
屋空寞，
房檐麻雀也入窝。
杏枝干，
晓春寒，
欲说心事，
纸上无言。
难！难！难！

时已过，
今非昨，
一轮圆月星汉隔。
泪痕干，
烛灯残，
有书难叙，
离合悲欢。
叹！叹！叹！

园中闲（二首）

其一

曙光初上东方灿，
花果飘香溢满园。
遍洒庭草屋前绿，
何者徘徊在南棚？

其二

庭前阳光暖，
藤蔓挂南棚。
啼鸟树头落，
花枝赔笑脸。
孤翁藤下坐，
清茶沁心间。
乐音绕耳旁，
诗韵著成篇。

闲 居

夜雨清风园静，
桃花落了春红。
昨植皂角叶初发，
圆了黄杨绿梦。

五六个鸣天鹊，
二三行雁阵声。
天地与此共逍遥，
仰对雁鹊空影。

园中情（二首）

其一

残雪润酥园，
晨阳送暖。
杏枝不耐五更寒。
檐下冰凌垂欲坠，
水溅栏栅。

新居过三年，
恋夏醉秋怯天寒。
而今冰融冬去也，
春回人间。

其二

满庭绿色又渐黄，

花谢草衰好凄凉。
何日复现春光暖，
再邀众树到前堂。

植 园（二首）

其一

清明刚过，
春花即开，
园工移来果树栽。
更待春雨浇浇透，
秋来果实个个摘。

邻居弄土，

值春种菜，
又架竹竿与藤排。
都说人间四月好，
好在植园乐开怀。

其二

吾园庭小，
已上青青草。
夜雨初浇绿更好，
无奈春红谢了。

昨儿植树园东，
拔高一枝皂角。
又借邻居藤蔓，
移来翠路春晓。

枯黄，又怎样

八月，
本该绿油油的大地，
今年变得枯黄。

庄稼，
本该果实丰满，
眼前却枝叶净光。

天上，
挂着浓云欲雨，
却又飘向远方。

脸上，
本已累得焦黄，
又添了一层忧伤。

兄弟，
别急得那样，
希望，就在自己身上。

枯黄，
已披不上绿装，
不如放弃，再寻别样。

养牛吧！
它不需靠天增营养，
换个活法，怎样？

盖棚吧！
它不需季节赏光，
春夏秋冬都一样。

打工吧！
别守着庄稼忧伤，
挣钱，干啥都一样。

资金呢?
不着急，莫慌张，
农信社来把贷款放。

别灰心!
不能被尿憋死，
人努力，天才帮忙。

枯黄，
就让它枯黄，
但要寻找新的曙光!

南北吟

春归南国处处花，
椰风海韵，
展尽物芳华。
谁把彩练当空舞？
燕子纷飞在天涯。

春来北国枝未发，
雪冷梅寒，
冰封初融化。
浓睡醒来寻莺语，
燕儿何时再回家？

续南北吟

一朝春暖一朝寒，
厚衣薄衫，
借来裹心酸。
偶遇老友忙探看，
离别为何久不见？

满目萧瑟满目残，
几多伤感，
故人竟无言。
数尽一百八十年，
朝暮何处不期盼。

雪中情

独立寒坡雪上滑，
踏白背日小梅花，
形单一影旅孤斜。

燕子自从飞走后，
北回归路莫为家，
天开雪后落檐牙。

夜 归

天上夜色朦胧，
街边灯火微明。
笙歌散尽众人远，
唯我仍在歌中。

推门踮脚入户，
卷帘轻拦夜星。
但愿今晚梦一宿，
再度良辰美景。

夜 雨

昨夜细雨下不停，
伴我春之梦，
过五更。
早起卷帘窥究竟。
地湿湿，
空中雾蒙蒙。

半生奔功名，
青云平步升，
到此程。
欲想前路该何走？
雨轻轻，
渴望歇一程。

觅知音

一年三百六十五，
尝遍填词苦。
昨夜忽闻“春之声”，
知音早在小巷深闺处。
雪化冰融满园酥，
鹊儿盼绿树。
明朝梦醒去何处？
长亭日暮相挽观鸥鹭。

相 遇

和风更兼细雨，
春来时，
杨柳垂岸，
鹊儿枝间语。

雪中梅，草间花，
月下梨，
世间难得，
相知又相遇。

山与河

山下河，绕山过。
河间浪涌荡山坡。
河为山唱歌。

晨也歌，晚也歌。
河恋山坡依不舍。
浪花是情哥。

无 题

窗外无月似墨，
屋内孤影独坐。
秋风阵阵天凉，
思念绵绵心热。

冬夜情

这边已是星辰满天，
虽然天气清冷，但安静，
家家户户的窗透着微光，
冬天的夜噢，好凄清！

舒曼的《梦幻曲》飘来，
窗外的星星，眨着眼睛，
像要窥视屋内的神秘，
这动人乐曲，有谁听？

昨夜梦

星月凄清又入冬，
幻曲飞鸿互诉情。
假使不日再相见，
天有雨雪但无风。

梦

星夜凄清春寒冷，
帘卷户闭盼入梦。
相距万里太遥远，
亦真亦幻总难逢。

春未绿，鹊未鸣，
人间别久不成梦。
谁教岁月匆匆过，
聚少离多难相逢。

遣 怀

忙里愉闲音诗过，
一生奔波半消磨。
他乡明月他乡雨，
醉里琴声醉后歌。
染乐迷音总心震，
吟诗填词时忘我。
此身未老志趣在，
挥洒自如欢乐多。

听音记

少年听音校园里，
山青水也绿。
青年听音剧院里，
时而天晴，
时而风吹雨。

而今听音在家里，
乐音回四壁。
才思遐想哪儿寄？
一会儿云里，
一会儿雾里。

天籁

夜深人静万物寂，
帘卷更衣，
铺床盥洗。
耳边忽闻天籁起，
风声徐徐，
雨声细细。

天籁原是小夜曲，
舒曼轻柔，
肖邦华丽。
顿有幻觉无意睡，
云里雾里，
欲仙欲醉。

晨观

枯藤挂枝冷，
寒雀鸣园静。
后院有亭无常客，
寂寞孤人影。

时事无恒定，
天气有阴晴。
待到春暖花开日，
枯独一扫净。

晨 曲

早起轻衣，
推门出户，
一股清风耳边渡。
北国三月晨虽冷，
寻春之心耐不住，
携手校园去漫步。

冬湖水醒，
亭廊枝素，
偶有青茵独一处。
去年荒草渐枯尽，
今年新绿微露出，
始觉早春悄悄驻。

偶得

早春午后，
园中悠悠踱。
雪融草青风送暖，
始觉气爽心舒。

又是一年春至，
园工四处耕锄。
小桥翠湖边上，
学子结伴诵读。

天涯芳草

你是人群中的天涯，
高远而缥缈，
带着苍凉的神秘，
孤寂地伫立。

你是人群中的天涯，
辽阔又宽广，
背负期待的目光，
赢取着辉煌。

我只想做一棵小草，
一棵装点天涯的芳草。

花 逝

春风四月三更雨，
叶绿花枝稀。
才迎锦绣到前庭，
夜雨淅淅絮飞红入泥。

人生瞬过把花比，
只求开有义。
志摩纳兰初蕾损，
页页诗心至此谁能及？

南粤的小雪

小雪，悄悄爬上日历，
以往在北国，
总要抬头望望天。

今年，我在南国迎小雪，
花是那么艳，
天是那么蓝。

或许落地的叶子，
是心头上的雪。
冬天的味道，
爬上眉间。

盼望，远方踏雪而来的亲友，
脱掉毛衣，换上短衫，
将小雪抖落在天边。

于是，我急忙烧上水，
又备上晚餐，
品茶敬酒，推杯换盏。

窗外，是闪烁群星的脸，
等待拥抱的目光，
畅谈一晚。

月亮，浮一层朦胧的面纱，
天上一群鸟儿的影子，
好像你笑弯的眼。

庚子年.11.22小雪作

我的北方和南方

我从小生长在北方，
玩耍在大漠戈壁、草原牧场。

20岁，
我离开草原，
背井离乡，
求学于沈水之阳。

大学、机关、银行，
辽河、海滨、农场……
北方的黑土地助力了我的成长。

阅尽了白狼山的雄姿、渤海湾的波浪，
还有辽西北的大地沧桑。

60岁，

我跨过长城，
越过长江，
来到南粤，
汗水挥洒在岭南的土地上。

养育我的北方、父老乡亲、姐妹兄长，
便成了我思念的地方。

我以南方的红豆，
相思北方的高粱。
我以南方的滚热，
思恋北方的清凉。

听着南方孩子说话，
像鸟儿一样地歌唱。
更想听马背上的兄弟甩出的阵阵鞭响。

在没有枯枝没有寒冷的城市奔走、闯荡。
更想在下雪的时候，

回到冰天雪地的故乡。

看过草长莺飞的秀美岭南，
阅过惟余莽莽的北国风光。

冬日里缺少色彩的故乡啊，
让我喜悦，
也让我忧伤。
因为那里有我童年的土炕，
还有此时被疫情困扰的老乡。

我的热情，
已化作南方的山水。
我的爱，
已寄语在期盼东北振兴的演讲。

我的家在南北两方，
北方有父母的魂灵，
还有出生在那里的姐妹兄长。

南方有我的学生、教书的同事、湖光山色的校园，
还有市场上火热的店商。

南方有荔枝、椰子、芒果的味道，
但我更想北方的白梨、苹果、草莓的芳香。

虽然南方让人留恋，
但火热的骄阳，
使我再也找不到出发的那个晚上。

我像一只候鸟，
既栖息南方也栖居北方。
心如风筝般地系着思念，
也怀着梦想。

也许我的亲友会像我来南方一样，
愿意生活在熟悉的北方。

那么我的情思，

就只能在南北间来来往往。

我魂牵陌生的南方，
我梦绕遥远的北方……

2021.1.1于南国

三

淡妆浓抹总相宜

山水情篇

西湖夜色

寂寞清秋月夜朦，
湖光山色荡微风。
断桥路上无霜迹，
落叶纷纷伴晚钟。

西湖晨昏

晨起寻湖去，
柳岸闻莺声。
夜归沿山上，
南屏击晚钟。

西湖独景

雷峰塔上望西湖，
烟波浩渺帆竞出。
杨公堤上观山色，
和风阵阵人影孤。

花港观鱼

西子湖畔杨公堤，
花港园里好观鱼。
虽为天堂十美景，
无奈别后常相离。

灵隐寺闻香

西子湖畔山色重，
灵隐寺中香气浓。
人间仙境知何在？
到此不再觅新踪。

最爱是海南

早上冰雪寒，
傍晚夏阳暖。
一日行四季，
寻梦到天边。
海如孔雀蓝，

空气最新鲜。
常忆鱼潜底，
最爱是海南。

椰风海韵

椰风送喜雨，
海韵迎彩云。
晨起奔沙浪，
夜归念故人。

漓江之媚（三首）

其一

象鼻山上圣显灵，
漓江岸边灯火莹。
纵使夜黑无星月，
两江四湖皆景明。

其二

万峰擎天秀，
一水串渔舟。
唯此光和影，
独为天下头。

其三

水绕山环漓江美，
神姿仙态惑人醉。
一江清波胜美酒，
诚邀天下有情人。

游芦笛岩骆驼峰

芦笛岩里览名胜，
骆驼山下观奇景。
更有金樽邀盛酒，
山水秀丽人有情。

山溪寻源记

两峰夹一沟，
清泉石上流。
空山新雨后，
落叶已知秋。
晓将沿溪去，
探流源在否？
谷深林且密，
唯有瀑声留。

龙脊稻浪

满山金色从天降，
七星环月稻为浪。
欲览龙脊需极顶，
一坡更比一坡黄。

莲花岛游记

义江水到莲花岛，
围堰拦出苔藓草。
微风山出百柳绿，
水漫河滩鱼踪杳。
野鸭戏水呈欢态，
村姑采蔬含娇巧。
远客沉醉不忍归，
提鞋河边打赤脚。

阳朔风情（二首）

其一

千峰竞秀日升辉，
一街灯火夜不寐。
阳朔风情千万种，
游人沉醉不忍归。

其二

奇峰滴翠水流玉，
江上舟影惹人醉。
三姐歌声甜又美，
游心到此不思归。

桑江漂流记

一江秋水急，
两岸猿声啼。
唯此一轻舟，
搏浪东流去。
几近舟覆水，
无人不称奇。
人生亦如此，
劈荆又斩棘。

庐山恋（二首）

其一

昨日五峰秀，
金阳照寒除。
今夜一轮满，
清光何处无。

其二

三叠飞瀑观落水，
白鹿空院觅书声。
旧墅园里赏新月，
云峰顶上待霞红。

宁夏行

长河午泛舟，
漠海秋踏沙，
交酒相相尽，
牧歌声声达。

苍 山

碧海苍天映山峦，
古道风高落日寒。
千云百嶂连霄起，
一池清波万亩田。

洱 海

浑天阔海览风云，
水矮山高伴纱纹。
白雪千层冷秋月，
清波万叠唤冬晨。

丽 江

石街水道阡陌行，
黑潭阳暖百态生。
红楼木府催岁月，
难诉人间不了情。

玉龙雪山

玉龙脚下枝叶浓，
越上极顶雪障冰。
仰望群峦映碧日，
回闻沃野贯秋风。

南宁感怀

南下邕城风景异，
八桂处处花满地。
四面笙歌连箫起，
风吹暖，
一江春水两岸碧。

浊酒千杯人不醉，
离家万里觉无睡。
夜色阑珊城已寐，
月照明，
南宁好梦留余味。

边关行

早春三月，我来到了中越边界的凭祥，站在金鸡山上，远望越南的凉城，春雨之中回忆着百年前的中法战争，清军因朝廷腐败而丢关弃城的耻辱和三十年前中越自卫反击战的伟大胜利，更坚定了“只有祖国强盛才能抵御外辱”的信念。

金鸡山上望凉城，
春雨雾蒙蒙，
炮台静。
遥想当年清军耻，
镇南关，
败走凭祥城。

关隘门依旧，
木棉花正红，
雨轻轻。
再忆当年战士勇，

胜尤酣，
边关永安宁。

登千山有悟

百岭千山万壑川，
峰峦起伏似浪翻。
五月春来满眼绿，
十载未临更觉鲜。
人说无岳不成仙，
吾辈翻山莫等闲。
求得功名尘与土，
不如携家到此前。

离宫断想

康乾盛世筑离宫，
百年塞外有皇踪。
铁马踏破强虏梦，
外庙连接蒙藏宫。
夺定八方天下事，
演绎四朝家国情。
君权虽无长生命，
但留史迹后人凭。

镜泊湖泛舟

未入镜湖携梦游，
今随梦游吾泛舟。
镜破湖开浪为头。

思与洛神同入水，
不随楚王共江流。
霎时消尽往日愁。

吊水楼瀑布

牡丹江水流向东，
阻断熔岩镜湖平。
红罗仙女水为梭，
巧织瀑布似天成。
踊崖壁立飞人勇，
骄影跃入黑潭中。
女仙真伪已无凭，
眼见才是真英雄。

滨城晨景

海上风平旭日升，
渔帆点点伴潮行。
水阔天长涛浪里，
春花寻梦潜流声。

注：

早间一群当地妇女海边晨泳，故称“春花寻梦潜流声”。

钓鱼台感赋

庭院深深绿成荫，
悠悠岁月居何人？
石桥回廊依旧在，
风物人情似有音。
墙上画墨留真迹，
檐下凤凰已无痕。
历史风云多少事，
日月辉映树延根。

英金河的诉说

金秋十月，我回到了故乡赤峰，在亲友的陪伴下，游览了达里湖、阿斯哈图石林，拜谒了喀拉沁恭王府和父母的茔墓。临走之时，漫步在儿时经常流连忘返的红山脚下、英金河畔，吟诗一首以记之。

当沉重的脚步迈出，
离英金河远去，
达里湖不再清晰，
红山不再矗立。
这不是你的久居之地，
为何这样难离？
仅有的几天假期，
为何撕扯着你？
是恭王府的古迹，
勾起了你怀古的思绪？
还是阿斯哈图的石林，

让你悟出生命的真谛?
似乎都没有留下多少记忆,
似乎这一切都不足为奇。
唯有父母地下的呼唤,
强烈地撕扯着你。
还有众多的亲朋好友,
让我难舍难离!

奉和杨再平先生《呼伦贝尔颂》

忆昔当年烽火升，
马上皆为豪英。
长河落日伴嘶声。
刀光剑影里，
无处是人生。

八百多年如一梦，
所去仍有余惊。
只是当下好心情。
如今无战事，
逍遥原上行。

黄龙赋

鬼斧神工数黄龙，
金盆玉露似仙留。
瑶池不染人间色，
空谷能容万事愁。
登临龙顶观梯水，
俯仰群峦醉金秋。
可憾身临擦肩过，
但留美景在心头。

九寨的海

九寨的海，高山是其容颜。
白雪晶莹，山水相间。

九寨的海，秋林是其水岸。
枫黄映海，层峦尽染。

九寨的海，翡翠是其玉艳。
镜水微波，宝石镶嵌。

九寨的海，瀑布是其飘动的衫。
神秘莫测，雾霭弥漫。

九寨的海，秀水是我的思念。
南北相隔，魂梦相牵。

金沙博物馆感怀

访得神鸟在山中，
金沙堆里辨青铜。
精雕金饰吉祥兆，
崇虎石琢震尔风。
金冠不知身后事，
玉璧难料地上功。
神州再现古人迹，
史料文物代代凭。

寿乡行

盘阳绿水流向东，
两岸青山相对迎。
巴马城头望乡里，
石板楼街寻寿星。
百年风雨催岁月，
一世情缘伴终生。
若问长命哪里有？
淡泊清静人有情。

安大略湖行

碧水青山北美环，
湖光秋色染霜天，
淡烟平水静无澜。

沿湖红叶迎远客，
随行飞雁尽欢颜，
顿时消尽往日烦。

美加边界感怀

自古边疆战事多，
连天烽火血成河。
而今仍有争端界，
两国相争动干戈。
亲临美加边关处，
浮想联翩感怀多。
万里浮云山连海，
兄弟共吟和平歌。

故乡恋

每当踏上你的土地，
都让我激动无比。
每当离开你的时候，
都让我难舍难离。
我俯首亲吻大地，
寻觅成吉思汗的足迹。
我抬头仰望星空，
想象历史风云汇聚。
红山啊红山，
你是玉龙的发祥地，
草原啊草原，
养育了四百万儿女。
阿斯哈图石林，
在兴安岭主峰屹立。
西拉木伦河畔，
放牧成群的牛羊马匹。

啊！这就是我的故乡，
赤峰——我亲爱的母亲！

每当踏上你的土地，
都让我激动无比。
每当离开你的时候，
都让我难舍难离。
我策马扬鞭在牧场，
找回儿时的记忆。
我驱车飞驰在高原，
满怀未来的期冀。
乌兰布统啊，
古战场英雄把我激励。
兴隆洼啊，
古村落先民被我唤起。
清清达里湖，水波荡漾将我润育，
巍巍大青山，峰峦起伏给我动力。
啊！我爱你啊故乡，
赤峰——我亲爱的母亲！

扬美怀古

左江三面绕扬美，
临水一街映日晖。
魁星楼里藏青史①，
举人屋外立书碑②。
五叠堂堂连豉远③，
黄氏园园继世追④。
南宁唯此一古镇，
邕城郊外美名飞。

注：

①藏青史，指黄兴曾在此举办过同盟会议。

②立书碑，指屋主人清朝举人杜元春，虽体弱多病，但仍卷不离手，勤奋好学，书艺精湛。

③连豉远，指五叠堂主人做的豆豉远销东南亚。

④继世追，指黄氏庄园主人黄厚龙子嗣遍及世界各地，不忘先祖之义。

百魔洞写意

百魔风情滴水成，
千姿百态呈奇峰。
大棚高敞深莫测，
小泉低音动有声。
洞顶上浮薄云雾，
山底下落大深坑。
瑶家儿女多风采，
游人到此壮豪情。

枫国观瀑

枫林叶落秋归去，
今又北美相逢。
忽惊绿水起涛声，
卷起千堆雪，
呼啸贯神风。

莫叹悬崖壁立险，
飞流直下才惊。
此生应似水上鹰，
不为身外客，
搏浪瀑流中。

移都记

木叶落寒山，
秋水漫漫。
风风雨雨历华年。
犹记都城移小镇，
水笑山欢。

两域一河穿，
天淡云闲。
国会高耸佑平安。
回首夕阳红尽处，
霞彩满天。

魁北克怀古

圣水东流无尽期，
当年拼却两相袭。
此间旧炮仍犹在，
满耳唯闻山鸟啼。

原吹草，堡飘旗，
老城新梦两相依。
今晨待把山飞雪，
枫落银花旧事移。

婺源李坑村观感

赣州婺源李坑村，
粉墙黛瓦房显神。
山上姑亭茶香好，
河里鲜鱼味道新。
浣纱何必离家远，
饮酒岂怕巷子深。
自古科举出状元，
小康生活看当今。

2020.5.3于婺源李坑村

景德镇有感

昌江春水流向东，
瑶岭清泉响叮咚。
山里人家炊烟起，
遍地春花分外红。
自古瓷都名盛事，
而今姜天[①]瓷艺行。
溪川各路神仙聚，
一样地瓷百态生。

注：

①姜天是我表弟，十年前从内蒙古南下创业，现为景德镇著名瓷版画家。

2020.5.4于瓷都景德镇

登凤凰山感悟

辽东五岳数凤凰，
肇始唐代太宗皇。
古刹石刻留千古，
云峰山脊览四方。
从前观音常居此，
更有罗汉在护堂。
一睁一闭得且过，
海纳百川天地装。

注：

凤凰山有一座一只眼闭、一只眼睁的罗汉峰，正符合道教与世无争的人生观，故有感而发。

深圳高塔观感

平安大厦可摩天，
登临极顶景色宽。
莲花山上春色绿，
滨河岸边水更蓝。
隔海远望香港岛，
凭窗俯瞰城中园。
人间奇迹哪里有？
世人瞩目深圳湾。

2020.5.16于深圳平安大厦

心系这片土地

这里的山啊，

是我心中最巍峨的峰峦：

虹螺山直冲云霄，

白狼山穿越雾岚。

风起时，唱着林间柔美的歌谣，

风停时，围成城市坚韧的臂弯。

山巅之上，

有我深情凝望的双眼。

我多想，就这样，

成为山间的一棵绿树：

和白云手牵着手，

与森林肩并着肩，

装扮滨城青春的容颜！

这里的海啊，

是我心中最美丽的画卷：

老龙湾海天一色，
止锚湾风清浪缓。
波涌时，释放赶海人奋发的激情，
波平时，绽开渔民们喜悦的笑脸。
浪花之上，
有我曾经澎湃的期盼。
我多想，就这样，
成为海上的一叶白帆：
和涌起的风浪为伍，
与跳跃的鱼群为伴，
托起拥抱大海的双臂！

这里的城啊，
是我心中最神秘的圣殿：
明长城历史厚重，
宁远城文脉悠远。
晨曦中，弥漫学堂舒心的歌唱，
夜幕下，映透商埠惬意的心弦。
古城之上，

有我割舍不断的爱恋。
我多想，就这样，
成为城中的一枚灯盏：
给街道添一分亮色，
为人们报一个平安，
记忆每一个华丽的夜晚！

这里的泉啊，
是我心中最动人的慨叹：
首山温泉香沁魂魄，
高岭温泉滋润心田。
泉急时，仿佛大珠小珠落玉盘，
泉缓时，又如莺歌燕舞醉花间。
泉水之上，
有我清澈如许的挂念：
我多想，就这样，
成为泉上的一叶蒲蔓：
让枝脉注入色彩，
用经络勾连曲线，

衬托静谧祥和的画面！

这里的岛啊，
是我心中最神奇的寓言：
望海寺禅宇耸峙，
龙宫寺菩提绕烟。
潮涨了，荡起先贤挥洒的诗章，
潮落了，飘来历史抖落的花瓣。
佛岛之上，
有我诗画一般的梦幻。
我多想，就这样，
成为岛上的一座航标：
为疾驰的风帆导航，
为过往的游客指南，
开辟通往幸福的航线！

这里的村啊，
是我心中最诗意的田园：
沙锅屯邻里友善，

加碑岩亲情相牵。
初春里，沐浴梨花如雪的芬芳，
晚秋季，沉醉红果满山的浪漫。
山村之上，
有我难以忘怀的夙愿。
我多想，就这样，
成为山旮旯的一缕清泉：
让每一个梦想都开花，
让每一个日子都鲜艳，
与父老乡亲共享“全面小康”的盛宴！
……
虽然，我已离你远行，
但家乡的城泉山海是我永远的牵挂，
虽然，我已离你远行，
但滨城的兄弟姐妹是我永生的眷恋，
——永生的眷恋！

2016年3月写于葫芦岛
2020年9月改毕于佛山

家园颂

你只是一片平凡的土地，
却像红烛一样，将我心中的激情点燃。
你只是浩瀚大海中的一片浅滩，
却像天狗一样，守护在祖国版图最温暖的臂弯。
你是一个任性的孩子，
在阳光下张开明媚的双眼。
你是我心底的一首歌，
在大地上扬起生命的风帆。
你是千里冰封万里雪飘的冬日，
你是万紫千红层林尽染的秋天。
你是晨曦中地平线上冉冉升起的太阳，
你是晚霞里天边下巍峨耸立的青山。
你是虹螺山万年孕育的娇子，
你是大凌河千年灌溉的平原。
你的底色是龙的图腾，彰显生命的真实。
你的魂魄是龙的肝胆，抒发人生的感叹。

这就是我的根啊，

葫芦岛——我生长的家园。

你只是一个普通的故事，

却像神奇的传说深埋在华夏历史的长卷。

你是沙锅屯的隧洞篝火，

你是九门口的水上雄关。

不论历史多么的遥远，

都铭记在家乡人民的心间。

古圣先贤在这里落地生根，

英雄豪杰在这里壮士断腕。

你是秦皇东巡时的不灭灯火，

你是魏武观沧海的深沉慨叹。

你是袁崇焕宁远守城时的号角齐鸣，

你是英雄塔山阻击战中的炮火连天。

想你时，你的雄奇就在眼前，

读你时，你的伟岸跃上纸面。

这就是我的记忆，

葫芦岛——我文明的家园。

你只是一处寻常的风景，
却把我真挚的情感描绘在渤海湾最优美的岸线。
你是春绽杜鹃夏开彩莲，
你是秋菊吐芳冬雪缠绵。
地上的草儿映衬翠绿，
天上的云儿簇拥蔚蓝。
首山温泉能洗去你一身的疲惫，
龙湾浴场能给你劈波斩浪的力胆。
你是觉华岛的菩提掩映舒展着美丽的彩练，
你是白狼山的田园诗话吟诵着醉人的诗篇。
你是六股河岸边的平沙落雁，
你是东戴河海畔的渔舟唱晚。
就像琥珀般的梦境，
就像玲珑般的画卷。
这就是我的骄傲，
葫芦岛——我美丽的家园。

你只是一个普通的院落，
却是我心中最亮丽的风景线。

你的辉煌历史已载入祖祖辈辈的集体记忆，
你的奋斗成果将刻在子子孙孙后裔的心田。
你是一万平方公里的邻里守望，
你是二百八十万人的亲情相牵。
同饮一口甘甜的井水，
同住一个广袤的屋檐。
你是“爬坡过坎”的坚韧意志，
你是“全面小康”的豪迈誓言。
“十二五”，“国家森林城”握在手中，
“十三五”，“全国文明城”赢在明天。
眼前是绯红的黎明，
身后是沧桑的巨变。
这就是我的梦啊，
葫芦岛——我幸福的家园！

葫芦岛放歌

文明历史的葫芦岛，
是一首传奇的歌。
六千年的遥远，
一万平方公里的磅礴。
曾有沙锅屯燧石的点点星火，
自浩繁的历史长卷中悄然滑落。
在那些精美的石器陶器上，
文明瞬间完美定格。
洗印先民拓荒的足迹，
凝固仰韶文化的传说。
从此，沙锅屯洞穴里的炊烟，
演绎出一幕幕的波澜壮阔。
东大杖子古墓，
是春秋战国风雨如晦的悲歌。
碣石滩秦皇宫，
是徐福“求仙入海东渡扶桑”的纤索。

还有魏武挥鞭，
吟诵“东临碣石以观沧海”的渔火。
大龙宫寺恢宏雄奇，
水上长城蜿蜒巍峨。
宁远古城，
点燃过明清历史的无情战火。
英雄塔山，
书写了辽沈战役最精彩的段落。

美丽富饶的葫芦岛，
是一首欢乐的歌。
雄踞山海关，
耸峙东戴河，
鬼斧神工似天造地设。
阅不尽的丛林山岗，
看不够的田野阡陌。
沧海横流更显浑厚，
历经风雨愈加婀娜。
首山三山峰峦如簇，

虹螺山白狼山纵横捭阖。
逶迤的山脊，
是大自然清奇的骨骼。
女儿河烟台河滋养千家，
六股河大凌河润泽万物，
蜿蜒的碧水，
是大地上柔美的经络。
暮春时梨花如雪，
晚秋季遍山红硕。
叙说着豆荚般的田园诗话，
记述着萱草般的城市生活。
觉华岛菩提婆娑，
金沙滩唱晚渔歌。
涓涓温泉氤氲瑶台，
在唐诗宋词里款款走过。
留住多少英雄豪杰，
醉了无数骚人墨客。

生机盎然的葫芦岛，

是一首奋进的歌。
岁月花开花谢，
时光潮涨潮落。
唤醒沉睡的憧憬，
染绿秀美的山河。
父老乡亲的百年夙望，
沸腾了千里冰封的塞外北国。
第一桶原油，第一匹锦纶，
第一组锌锭，第一艘潜艇。
无数个“第一”的号子里，
共和国茁壮的工业，
再现葫芦岛的气魄。
新世纪曙光初照，
改革风狂飙拂过。
葫芦岛的容颜转身向海，
重新勾勒孙中山筑港的梦想，
在渤海的臂弯里横陈浅卧。
沿海经济带拔地而起旭日喷薄，
续写着千年美好的传说。

更有航天英雄的传奇横空出世，
唱响了炎黄子孙飞天的赞歌。
从未有过的沧桑巨变，
从未有过的惬意生活。
做开拓先锋是葫芦岛的精神，
当时代脊梁是葫芦岛的性格。

前程似锦的葫芦岛，
是一首梦想的歌。
多姿多彩的海岸，
多姿多彩的求索。
不懈努力，不懈奋斗，
正是葫芦岛人民的本色。
大开发，大开放，大超越，
大港口，大核电，大城郭，
说不尽的风流时尚，
读不完的豪迈洒脱。
山清水秀，鸟语花香，
鸥翔云飞，浪轻鱼乐。

每一个梦想都开花，
每一个日子都红火。
文化带，旅游带，生态带，
园林城，温泉城，创意城，
续写华美的乐章，
酿造诗意的生活。
让每一个清晨都舒畅，
让每一朵夕阳都变成笑窝。
站在春天的彼岸，
让我们尽情地放歌，
歌颂美丽的葫芦岛，
我们的家园，
一首永恒的赞歌!

故乡情（四首）

其一

来到大草原，
我才醒悟到：
吾身根在此，
养我恩未报。

其二

血脉与水相连，
骨骼与山相接。
容颜与天相映，
灵魂与云相携。

其三

青青呼伦水，
习习贝尔风。
茫茫千里野，
阵阵马蹄声。

其四

熊熊篝火旁，
猎猎彩旗扬；
牧歌冲霄汉，
酒肉袭人香。

关门山秋行（二首）

其一

两山夹一沟，
溪水石上流。
枫林霜色重，
落叶已知秋。
沿溪寻红叶，
遍野景色收。
远客不忍归，
情满关山沟。

其二

满山红叶从天降，
溪水潺潺青石上。
但使远客驻闲足，
遍览枫林醉秋霜。

德天瀑布游

归春河水跨国行，
流经德天遇奇峰。
三叠飞瀑留美景，
山青青，水灵灵，
河上排排竹筏经。

木棉伸枝把客迎，
无忧花开再送行。
界碑石上无弹影，
月悠悠，日匆匆，
边关处处祥和景。

百色行

右江绕过百色城，
江阔水缓，
两岸列奇峰。
三月春来满眼绿，
百花鲜艳草茂生。

当年百色风雷动，
红旗漫卷，
战地炮声隆。
而今壮乡安宁景，
山水秀丽人有情。

天 诀

昔日长城关隘，
今朝紫禁楼街。
惜旷世英豪，
难易春秋更迭。
更迭，
更迭，
人岂能与天诀。

葫芦岛上

山之上，
峰峦起伏，
长城雄壮，
那是我们的城市脊梁。

海之上，
波涛汹涌，
礁石击浪，
那是我们的城市胸膛。

天之上，
鸥鹭展翅，
长风浩荡，
那是我们的城市风光。

地之上，

绿树成荫，
花果飘香，
那是我们的城市影像。

美丽富饶的葫芦岛，
我们的家园，
永远留恋，让人难忘!

岛之上，
菩提掩映，
宫寺绕香，
那是我们的城市灵光。

城之上，
道路纵横，
楼宇成行，
那是我们的城市畅想。

岸之上，

产业集聚，
园区兴旺，
那是我们的城市开放。

心之上，
富裕文明，
幸福安康，
那是我们的城市梦想。

生机盎然的葫芦岛，
我们的家园，
走向世界，迈向辉煌！

宝葫芦的秘密（歌词）

跨过那山海关，
掠过那宁远府。
眼前这座美丽的城，
越看越鼓舞。
碣石留遗篇，
长城挺梁骨。
渤海湾边文明的城，
那叫一个酷。

这里的山青青，
这里的海蓝蓝。
四季阳光休闲的城，
八方游客驻。
她是宝葫芦，
希望的热土。
我们爱她铭心刻骨，

到哪都牵肠挂肚。

南票区有煤，
杨杖子有钼。
物华天宝富庶的城，
投资有门路。
袁崇焕守城，
杨利伟飞天。
人杰地灵英雄的城，
哪个能不服。

三百里岸线，
六千年怀古。
魅力无穷宜居的城，
谁不想来住。
她是宝葫芦，
一个开放之都。
多少传奇拉开帷幕，
你要hold住。

新荷叶·普者黑赏荷

水落初阳，
翠湖片片生香。
一顷新荷，
顿时无限清凉。
高低起伏，
含情状，
密护红妆。
偶然若现，
旗袍秀在荷上。

凭兴登船，
且行且向荷边。
绿伞红帽，
让人心绪犹甜。
鸳鸯戏水，
成双对，

仿若仙间。
夜归把酒，
共邀山水同欢。

2020.8.2作于云南普者黑

鹊踏枝·大理游记

三塔高高叠翠谷，
崇寺雄风，
引入天涯路。
信使层层登大殿，
求经乃在此佛都。

满眼游人街上度，
红绿花开，
播散城中雾。
商贾繁荣招远客，
傍晚城头落白鹭。

2020.8.2游崇圣寺及大理古城作

西江月·苍山洱海的晨曦

问讯苍山青色，
重来又是十年。
推窗远眺外群峰，
细雨丝丝拂面。

海上风和声静，
偶有过往游船。
近观湿地草连天，
惊起白鸥一片。

2020.8.4晨于大理苍山洱海作

踏莎行·夕巡古镇

曲径通幽，
芳郊绿遍，
石桥流水鸭先见。
河边水草衬黄花，
空中洗得蓝镜面。

照壁藏莺，
柴门隔燕，
逐街每巷巡游转。
作诗刚好正当时，
邀来满月辉深院。

2020.8.4夜作于大理沙溪古镇

离亭燕·别大理

一带江山如画，
苍海美在盛夏。
水映碧天湖有色，
岭上白云飘洒。
崇圣塔高耸，
烟波万重临下。
云际彩霞高挂，
水岸船儿晨驾。
多少六朝兴废事，
尽入游人闲话。
此去待重来，
邀友携亲南下。

2020.8.6作于大理苍海酒店露台

南乡子·版纳印象

绿水满澜沧，
滚滚东流日夜忙。
放眼云山翠作障，
晨曦，
风送江花阵阵香。

微雨洒河床，
换来高楼湿影长。
点滴芭蕉青草上，
秋凉，
万里江天处处苍。

2020.8.7立秋日于西双版纳世纪金源

采桑子・万亩茶园

冷云坡下春茶艳，
芳草绵绵，
葱绿无边，
雨后高空升紫烟。

吐芽新叶知多少，
早茶村姑，
采于花尖，
更听鸟鸣满夏园。

2020.8.8晨于西双版纳龙园茶场

好事近·景谷熙康云舍

今早雨濛濛，
云罩一山秋色。
空谷红墙黑瓦，
水泉滴岩落。

飞云欢聚化为蛇，
舞动林中鹤。
更有花香鸟语，
喜迎八方客。

2020.8.9于东软云南普洱熙康云舍

鹧鸪天·景谷

九曲八盘入梦中，
群山环抱有江城。
傣彝同处景山谷，
泉水花溪落城东。

原上草，
觅芳踪，
昨宵细雨卧中听。
今晨又把云层罩，
深谷秋色别样浓。

2020.8.9于普洱景谷芒卡熙康云舍作

古镇偶得

小桥流水水泛波，
功名利禄又如何。
宦海深藏天下事，
浮云曾见止干戈。
江南有待春色好，
湖北更有繁花多。
沧桑不掩儿时梦，
闲情易悦谱新歌。

2020.4.30于南浔古镇

好事近·万宁巡海

水面浪花落，
天边白云朵朵。
船上欢声笑语，
海风迎远客。

浪花声声似赛歌，
放眼蓝一色。
更有椰风海韵，
景美游人乐。

2020.10.4于海南万宁巡海作

海陵岛游记

山作楼台海作坪，
凭栏远眺心飞行。
疍家渔虾乘人美，
蓝湾海浪把客迎。
老鼠山下白鹭聚，
红树林里活蟹青。
戏水不忘防新冠，
乐山倍加忆旧情。

2020.5.23于阳江海陵岛

南乡子·重阳节晨观

静水卧池塘，
放眼苍山树色黄。
晨起观湖携远客，
秋霜，
风送荷花阵阵香。

聚贤阁留光，
缥缈梵音绕耳旁。
步步登高齐问顶，
临窗，
满眼魁星处处阳。

2020.10.25重阳节作于佛山魁星阁

四

大江东去浪淘尽

古今情篇

端午祭屈原

汨罗水上祭屈原，
万里无云问苍天。
惟楚奇才斯为盛，
以身殉国行胜言。
星辰闪烁光辉耀，
山川无语为哀怜。
端午每至粽相寄，
伟岸英名代代传。

2020.6.25端午节作

原韵奉和王向峰先生《儋州苏公祠》

千年难有不凋松，
文苑还数苏长公。
诗书百代流风骨，
宦海十年不改衷。
身行万里儋州远，
黎民百姓与心同。
海岛幸留苏公迹，
南疆今古贯文风。

附：

儋州苏公祠

王向峰

岁寒谁是不凋松？
千载文豪苏长公。
官贬八州依旧骨，
朝更五代仍初衷。
云横山海乡关远，
心向黎民荣辱同。
南岛幸多迁客迹，
荒疆今古沐诗风。

原韵奉和王充闾先生《咏叹成吉思汗》

自古英雄磨难多，
天骄生死奈若何？
横扫千军弃尸骨，
驰骋万疆唤战魔。
铁蹄声声嘶烈马，
欧亚一统必雕戈。
强梁虽无长生命，
但留英名代代歌。

附：

咏叹成吉思汗

王充闾

灭国开疆枉自多，
天骄无奈死神何。
衢街枕藉横尸骨，
妇孺悽惶说战魔。
踏破山河驰铁马，
凿穿欧亚挺雕戈。
强梁空有长生命，
一样金棺伴挽歌。

东坡书院忆东坡

黄州惠州再儋州，
一生贬，
一路颠。
千里孤屋，
无处不生寒。
遥想当年老夫至，
灰满面，
身已弯。

而今立于书院前，
续文愿，
忆当年。
黎民有教，
荒岛满诗篇。
明夜月，
耀海南。

2020.7.29于海南儋州东坡书院作

海瑞故居感怀

男儿壮士出乡关，
天下不平不复还。
仕途险恶代民意，
宦海浮沉秉直言。
半百罢官险遇害，
一身正气最为廉。
两袖清风无后虑，
满城百姓送归天。

2020.7.30于海口海瑞故居作

岱庙怀古

五月中旬，来到泰安，参加都本基先生书画展，欣逢山东省联社王继东主任及同事陪游岱庙。发思古之幽情，念岱岳之大德，故作诗一首以记之。

肇始秦皇筑庙堂，
数千年久历辉煌。
石崖古磴昭长史，
翠柏苍松证国昌。
华夏文明留胜迹，
汉唐风物显荣光。
登临泰岳观东海，
滚滚江河汇大洋。

贺碧霞祠新联揭幕

碧霞祠乃泰山天街最东端的一处巍峨庄严的古建筑群，祠内供奉着女神碧霞元君。2009 年 5 月 17 日，著名书法家都本基先生为该祠题写“碧天泽众生春夏秋冬风调雨顺，霞光普社稷东西南北国泰民安”对联，并举行新联揭幕式。有感于此，特作诗一首，以纪念吾兄此举。

岱岳摩崖留迹真，
山川多秀亦多文。
碧霞仙子泽天下，
灵佑神祠护万民。
一副新联祈国运，
四方游客证同心。
恭临盛典承恩雨，
把笔提诗喜庆今。

参观沈阳故宫和杨再平先生

积雪未融化，
故宫松柏挺拔。
有皇太极曾在此，
指点江山，
北上又南下。
努尔哈赤身先死，
讨伐震中华。
自古王朝更迭，
唯留史迹在华夏。

梁启超故居感赋

茶坑村府在岭南，
自古忠臣殉崖山。
耕读传家立奇志，
秉笔直书纳真言。
上书变法名青史，
弃官从文著大千。
风雨过后云霞暖，
伟业千秋代代传。

2020.6.6于新会梁启超故居

宋氏祖居随想

南海文昌宋氏居，
四海之内最称奇。
耀如一生助孙文，
宋女个个携名婿。
国共争雄家分化，
中美对峙隔东西。
百年风云家国恨，
千秋功过会有期。

2020.7.30于海南文昌宋氏祖居作

廖仲恺纪念馆有感

南粤大地有双峰
国民革命起大风。
同盟会里顶梁柱，
元帅府中一棵松。
出师北伐备粮草，
国共合作扶农工。
虽遭暗害身先死，
江山万代留英名。

2020.6.14于广州廖仲恺纪念馆

百年独秀

——参观陈独秀旧居感赋

世上难有不凋树，
人间易折是英雄。
中国百年有独秀，
宁折不弯震天行。
铁锤砸向旧世界，
檄文痛骂众枭雄。
历经坎坷终不悔，
是非功过后人评。

鲁迅故里抒怀

儿时捧读鲁迅书，
草园书屋常相读。
曾怜故里祥林嫂，
更惜酒馆乙己叔。
铮铮铁骨令人敬，
部部巨著让人服。
老来再访梦游地，
春色更浓草不枯。

2020.5.2于绍兴鲁迅故里

谭平山故居感怀

南粤江山有奇峰，
一代谭公诞高明。
五四风潮闻鸡起，
二一建党立初功。
国共合作中流水，
南昌起义为枭雄。
披甲岂在主战场，
落日西沉月东升。

2020.6.13于高明谭平山故居

红水河之歌

——韦拔群烈士故里行

红河水绕到东兰，
拔地群峰起高山。
魁星楼上运筹策①，
北帝岩下文武研②。
满门被害③终不悔，
断头怒视④慑敌顽。
八桂大地留风骨，
革命雄风四海旋。

注：

①运筹策，指韦拔群当年曾在魁星楼上与邓小平、张云逸等指挥农民武装斗争。

②文武研，指韦拔群曾在北帝岩（又称列宁岩）里举办了广西第一届农民运动讲习所，在这里研读马列，操练士兵。

③满门被害，指韦拔群为革命牺牲了十七位亲人。

④断头怒视，指韦拔群因叛徒出卖，被割下头颅，壮烈牺牲。

邓恩铭烈士故居感怀

百年沧桑数风流，
铅华洗尽忠不休。
荔波城里童心在，
樟江水上始放舟。
嘉兴红船显身影，
胶州暴动遭割头。
舍生忘死英年逝，
浩气长存震九州。

2020.7.4于荔波中共一大代表邓恩铭故居作

周保中故居缅怀

苍山洱海一雄鹰，
展翅白山黑水中。
讲武堂中习武艺，
北伐军里立战功。
东北抗战十四载，
丰功伟绩万年松。
回首夕阳红尽处，
晚霞满天映彩虹。

2020.8.3于大理周保中故居作

聂耳颂

春城甬街知春堂，
终留史上放光芒。
聂耳谱出义勇曲，
定为国歌永传扬。
虽在异邦身殒命，
强音大振国隆昌。
民族将兴虽先去，
盖世英名永流芳。

2020.7.31于春城聂耳故居知春堂作

志摩故居有感

云作锦屏雨作花，
千里寻梦到徐家。
康桥远距万里外，
再别不觉百年华。
新月有情伴人老，
旧日无过待桑麻。
别眉虽驾云飞去，
但留青天一缕霞。

2020.5.1于海宁硖石镇

帅府沉思

早春二月，乍暖还寒时候，中国银协杨再平会长来访，我陪他参观了沈阳大帅府和故宫。我作词一首“帅府沉思”，他和了一首；他作一首“沈阳故宫”，我又和一首。共同的事业和爱好，使我们情深意笃。

忆关东大地，
百年前，踏破铁鞋，
山河割裂。
大帅未征身先死，
灰飞灭。
苍天怨，族人咽。
生前斥资造豪宅，
到如今，府成展馆，
史迹陈列。

松陌柏隙寻旧影，

少帅音容何在?
天地间，故人缺。
国恨家仇终铸成，
逼兵谏，抗日国共协。
功盖世，古今绝。

诉衷情·痛悼闻一多

当年痛斥蒋匪帮，
轰动满街堂。
人生最后演讲，
文史续华章。

满身血，
遍体伤，
倒宅旁。
捐躯报国，
伟岸英姿，
永放光芒。

2020.7.31作于昆明闻一多殉难处

王若飞故居缅怀

山内霞光山外红，
乡间火种映天明。
塞纳河畔苦求索，
黄浦江边逞豪英。
忠魂本应高歌返，
却遭空难隔死生。
置身天地雨作泪，
万里江山留英名。

2020.7.3于安顺王若飞故居作

关向应颂

大黑山下诞豪英，
延水河畔为国终。
工运暴动显身手，
共青团旗一抹红。
白区狱中骨最硬，
长征路上灯更明。
抗战雄师为猛虎，
伟岸英姿史留名。

庚子年夏于金州关向应纪念馆作

红军四渡赤水渡口感怀

血战湘江红旗乱，
八万将士天兵散。
遵义城头拨方向。
齐声赞，
铁流滚滚路漫漫。

四渡赤水游击战，
勇夺乌江封锁线。
行军路上有北斗。
同心干，
万里长征冲霄汉。

2020.7.8于红军四渡赤水茅台渡口作

遵义会址忆长征

听风听雨忆长征，
浮云满当空。
楼前绿影荫分路，
一声言、一片呼声。
陡峭春寒已尽，
终于柳暗花明。

四渡赤水出奇兵，
连雨转天晴。
敌军围困万千重，
娄山关，炮火轰隆。
兵似洪流滚滚，
一路战马嘶鸣。

2020.7.9于遵义会址前作

忠魂颂

——参观渣滓洞感赋

红岩英雄旷世闻，
歌乐山下显忠魂。
深陷铁牢励大志，
喜绣红旗待晓晨。
宁在狱中饮弹死，
不为叛党保命身。
渝州有幸埋英烈，
中华崛起待后人。

五龙岭烈士颂

五龙岭位于湖南省邵阳县下花桥镇。1949 年 10 月，我中国人民解放军第四野战军 41 军在军长吴克华的指挥下发动了衡宝战役，切断了国民党军撤向广西的退路。在邵阳五龙岭战斗中，曾参加过辽沈战役的“塔山英雄部队”——第 122 师 365 团经过了三天激战，全歼敌精锐部队 171 师 513 团 1700 余敌，取得了衡宝战役的最后胜利。但不幸的是 41 军的 148 名烈士长眠在了这片土地上，其中辽宁籍烈士 64 位。为了缅怀革命先烈的丰功伟绩，我来到这里，为烈士们默哀、献花篮，并作诗一首以记之。

塔山英雄下湖南，
衡宝战役扫敌顽。
桥岭庵山辟战场，
追击蒋军并全歼。
百名烈士长眠地，
攻无不克英雄团。

五龙山岭高碑耸，
解放邵阳开新天。

2020.11.9于下花桥镇五龙岭烈士墓碑前作

颂骄杨

——杨开慧故里感赋

板仓热土诞骄杨，
经历沧桑风雨狂。
北逝湘江君去远，
南塘清水卫国殇。
廿九献身何所惧，
千字情书诉衷肠。
神州齐赞骄杨美，
蝶恋花开四海扬。

2020.11.7于湖南长沙

缅怀蔡将军

——蔡锷故里行

幼出乡关九州行，
北上湘江奔东瀛。
讲武堂中立军状，
春城首义袭满清。
讨袁护国挥剑戟，
守卫共和泣鬼雄。
环顾潇湘桑梓地，
朗朗乾坤锷为峰。

2020.11.8于湖南邵阳

西施醉

少为越国浣纱女，
长为吴国后宫妃，
夫差宠其筑锦宫，
施未归。

貌若芙蓉体态媚，
莲花醉舞痛笑眉，
范蠡相携涉三江，
芳迹飞。

赋貂蝉

正史无凭数貂蝉，
广有传说在人间。
眼波流转气馥香，
舞步腾挪扮若仙。

饮花露，赋体鲜，
王允施计献貂蝉。
终致董卓月下死，
离奇身世美名传。

昭君出塞曲

体馥如幽兰，
琵琶半遮面。
延寿笔下损，
五载不备选。
匈奴要和亲，
嫱儿得自荐。
离别长安日，
浩浩送君远。
挥泪别元帝，
茫茫大漠寒。
单于娶昭君，
衷心归大汉。
朔漠数十载，
靖和天下安。
昭君名千古，
美誉代代传。

吟玉环

玉环媚态自天然，
雪肤花貌善词篇。
华清池浴咏清平，
霓裳衣舞羽饰肩。

玄宗尝对宁王弈，
局危环使满盘乱。
李杨七夕盟海誓，
在天在地枝鸟拴。

飞燕留仙

成帝出行遇飞燕，
召入宫中舞蹁跹。
丰柔有余骨，
容压群芳艳。

太液载千舟，
起舞广榭间。
歌酣风乍起，
裙裾卷留仙。

甄妃挽髻

冀州有女，
容德俱佳。
艳名远播满华夏，
曹丕得之视珍宝，
观妃挽髻显荣华。

密约沉沉，
遗言了了。
金缕玉枕留情话，
植感而作洛神赋，
甄妃美名传天下。

宝珠遏云

面如观音声若泉，
步似轻云姿胜仙。
熹宗明帝宠为燕。
通文史，
古今诗书常在手，
更善雅音琴瑟间。
精服饰，
羽衣楼台轻步，
宝珠府苑遏天。

香妃归汉

天山尽扫，
风吹去，
羌回十万大军。
香妃虏至京城日，
宫中皇天大振。
歌舞精绝，
媚睫黛深，
体香盖世人。
兼善骑射，
英姿冠于群臣。

乾隆册封容嫔，
携其东巡，
安抚各路军。
得民意者得天下，
举世万里无云。

转回宫内，

情不能胜，

歌舞娱明君。

伴人无寐，

直欲化蝶迎春。

虞姬颂

因司马迁著《史记·项羽本纪》，对虞姬只有寥寥数语："有美人名虞常幸从；骏马名骓，常骑之……美人和之。"而无从见其美。但霸王别姬的故事，从古至今，家喻户晓。将虞姬归入烈女，更符合其身世以及凄美的结局。故作诗一首以颂之。

四面楚歌垓下闻，
凄凄星月夜深沉。
佳人起舞悲军帐，
战马长嘶待晓晨。
宁在今宵玉碎死，
羞为明日瓦全身。
阵前饮剑酬知己，
报得重瞳连理心。

吟清照

书香门第女，
少即咏词章。
与诚把酒品画，
初嫁情意长。
靖康国难夫死，
堪与文物流离，
几度遭劫殃。
只因错再嫁，
晚年更凄凉。

黄花瘦，
溪亭暮，
卷帘伤。
词吟平常家事，
句句动人肠。
唤起孤雁常鸣，

拂拭两宋文字，
更与日争光。
一代词宗醒，
万世永流芳。

文姬怨

文姬终生多磨难，
载不动，许多怨。
三嫁无一不凄惨，
血泪九州流遍。
离匈别子，
为夫请愿，
历尽险和难。

四百诗书能记述，
吟胡笳，道悲苦。
十八拍里衷肠诉，
无奈苍天日暮。
生归桑梓，
死当埋骨，
魂飞墓不孤。

惜婉儿

上官父子遭诛后，
婉儿母女入宫。
锦瑟年华怎与行?
进封昭仪，
专掌制命，
武皇赏其功。

常代朝廷品诗文，
广召词臣献贡。
终因与思谋作乱，
隆基赐死。
黄粱一梦，
貌与才成空。

颂文君

相如一曲凤求凰，
文君夜下私奔郎。
相如身贵欲婚变，
《白头吟》，
文君再度诉衷肠。

千古悠悠儿女长，
百年恩爱终未伤。
风雨再聚两鸳鸯。
《怨郎诗》，
数字词风冠华章。

附录·我与徐志摩的诗缘

都本伟

徐志摩的浪漫爱情和唯美诗篇，早已被喜欢他的国人津津乐道。当然，对徐志摩的婚恋，不同价值观的人有不同的评价，这在多元化的社会里，是太正常不过的事情了。但对徐志摩的唯美诗篇，如《再别康桥》等，却鲜有不喜欢的。这说明，文学的价值，会搁置价值观的分歧，会以美的意境和音乐般的旋律引起人的美感享受和情感共鸣。

我喜欢徐志摩，是从大学开始的。我的中小学由于正经历“文化大革命”，不用说文学，连正常的基础教育课程都学得支离破碎，到处都是“阶级斗争”，哪有机会和条件去读诗呢？但我是幸运的，上山下乡不久，赶上恢复了高考，我以优异的成绩考上了大学，从此，开始了追求学问、教书育人的人生。二十世纪八十年代初，正是我国社会在十一届三中全会精神感召下，思想大解放的时代，文学像久旱逢甘霖一样茁壮成长，伤痕文学、朦胧诗等在大学校园里得到了广泛传播，受到了“天之骄子”的热捧。在当时的文学热中，通过延伸阅读，我第一次接触了徐志摩的文学作品。当读到《再别康桥》时，被他的诗意、诗情、诗风、诗语深深地打动了，当时的感受是：这样美丽的意象、清新的景致、舒朗的画面、朗朗上口的韵律，真是让人赏心悦目啊！后来，随着对徐志摩其他作品的研读和对他起伏不定人生的了解，对《再别康桥》有了更深的认识。由于喜欢，我甚至能把全诗倒背如流，在学校的诗词学会里或其他聚会场合，我都喜欢当众朗诵这首经典名作。

大学毕业后不久，我考取了西方哲学史的研究生，在研读古今中外哲学思想的过程中，我对美学产生了浓厚的兴趣，除了哲学美学的思辨研究外，我对文艺美学作品进行了广泛的阅读，对徐志摩及其名作《再别康桥》有了更深的理解。当我接触到海德格尔借荷尔德林的名言“人诗意地栖居于大地之上”，而阐发他的人生哲学时，我立即想到了徐志摩短暂而又浪漫的人生。徐志摩才配得上“诗意地栖居于大地之上”的大才子、大诗人：他的一生为诗而生、为诗而活、为诗而爱、为诗而死，不愧为中国二十世纪的诗魂、诗圣。

走上工作岗位后，虽然历经多个职业的历练，在忙忙碌碌的教学、科研、不同管理岗位上做着“枯燥”、毫无“诗意”的事情，但大学时被徐志摩所点燃的诗心却从未停歇。我开始写诗、朗诵诗、出诗集、办诗会，在过去的二十多年时光里，我写诗近千首，出版诗集三部，参与或主办诗会数十次。特别是我主政一方和领导一所大学时，每年都要搞几场大型诗歌朗诵会，以活跃当地百姓和师生的文化生活，增强人们对中华文化的自信心。每次朗诵的诗篇都是经我亲手选定的。不知是在意识中对徐志摩的偏爱，还是在无意识中对徐志摩的崇拜，每次诗会，我都有意无意地把徐志摩的诗作如《再别康桥》《偶然》《雪花的快乐》等列入其中，看来徐志摩的诗魂已深深地萦绕在我的脑海深处。不仅如此，我会不放过任何一个与徐志摩“擦肩而过”的机会：在书店里，一看到有关徐志摩的新书或诗词新编，便悉数收进我的书房中。难以忘却的是 2004 年夏天，我在英国牛津大学主持中英大学校长论坛之际，抽空驱车百英里，特意去了趟剑桥，不为别的，就是为了专程寻觅徐志摩《再别康桥》的足迹，追寻徐志摩创作时的灵感。当我撑篙在剑河之上，望着河两岸的垂柳、浮在河里的水草、游在水面的野鸭、漫飞在空中的夏虫，听着两岸的蝉鸣鸟唱和船夫撑篙激起的水声……我的心陶醉了，心想，这不就是徐志摩八十年前所看到的景色吗？我有幸亲临《再别康桥》的创作场景，怎能不诗情大发呢？于是，我站在船头，激情地朗诵起了“那河畔的金柳，是夕阳中的新娘，波光里的艳影，在我的心头荡漾”。我的朗诵，引来了同船好友和周边船上游人的贺彩和欢呼。此时此刻，我更被徐志摩的诗情、诗意、诗思所深深打动，感到身心无比的舒朗和欢畅。

从那时到现在，又过去了快二十年，我从四十几岁的中年，走到了六十几岁的“壮年”。这些年，我经历了做企业的伤神，做官员的心累，做学者的艰辛，但我内心的“诗情”从未泯灭，对徐志摩的景仰也从未褪色。今年五一劳动节，趁着小长假闲暇，我约上三两好友，踏上了寻诗的旅程，第一站就选择了徐志摩的家乡——浙江省海宁市硖石镇，去寻访我心中多年的偶像诗人徐志摩的浪漫人生。可惜，受疫情影响，当我们兴高采烈千里迢迢从南北两方飞临硖石镇徐志摩故居时，却被门口的告示挡住了，被告之：出于防疫需要，故居暂不开放。立刻，我们一行兴奋的心情低落了下来，对于诗人曾浪漫生活的旧居，只能“不识庐山真面目”了。但既然远道而来，不能近观，也要隔着窗缝看一眼室内的陈设，隔着围栏，观一眼旧居的全貌，也算没白来呀！在友人的倡议下，在故居前、围栏外，我们与其他到访的游人一道开起了“追思朗诵会”。我操起了“看家本领”，用标准的男中音深情地朗诵了徐志摩那首最著名的情诗《再别康桥》，余兴未尽，友人又建议我再朗诵一首林徽因的《你是人间的四月天》，此情此景，在徐志摩和陆小曼的婚房外，朗诵林徽因的诗，似乎不合时宜，但为了弥补不能入室参观的遗憾，也就不管那些了。朗诵完这两首诗后，我又诗性大发，即兴在故居前手机上创作了一首律诗《志摩故居有感》，是为了纪念早已远去的大诗人徐志摩的，也是后来人对他的拜谒。随后，我当着众人的面，一字不差地又把这首新诗朗诵了下来：“云作锦屏雨作花，千里寻梦到徐家。康桥远距万里外，再别不觉百年华。新月有情伴人老，旧日无过待桑麻。别眉虽驾云飞去，但留青天一缕霞。”朗诵完后，夜幕已悄悄降临，硖石镇的夜空，群星璀璨，月色朦胧，带着对诗圣的无限崇敬，以及未能入室体验诗人生活的遗憾，我们驱车离开了这诗一样让人留恋的地方……

今年秋季某天，当我把这首《志摩故居有感》发送给一名旅居在杭州的“朗友”——“逐浪鑫海”时，她马上意识到，这首诗可作为文创作品赠送给位于杭州的徐志摩纪念馆永久留念，并牵线搭桥，给我联系到了该馆馆长罗烈洪先生，于是，我与罗馆长就有了未曾谋面的“微信传书”。罗馆长给我寄来了馆刊《太阳花》三辑，我托远在加拿大蒙特利尔旅居的书法家都本基大哥泼墨挥写了《志摩故居有感》全诗条幅，万里迢迢寄往杭州的徐志摩纪念馆，于是，就留下了今天的话题。通过“微信传书”和《太阳花》馆刊，罗馆长的形象在我眼前立即高大了起来：他是一位成功的企业家——杭州市某服装公司的董事长，又是一位有情怀有知识的文化学者，用自己日夜辛苦赚来的钱在杭州租房，办起了民间的“徐志摩纪念馆”，收集了大量的徐志摩的文物，并免费对外开放。不仅如此，几乎每月都举办各种读书会、追思会、研讨会和专家讲座，仅仅开馆四年，就成了全国缅怀纪念、研讨追忆徐志摩的文化中心，每年吸引无数全国各地的“摩丝”到此凭吊、纪念、缅怀、诵诗。这种无私奉献于公益事业，全身心投入于文学工作的精神，真是令人起敬！这样的“儒商”，在中国不是没有，但属少见！

在《太阳花》2019年第2期上，我读到了罗馆长写的三篇追忆文章：《志摩墓道今安在》《西子湖畔的浪漫传奇》《林徽因：你是人间的四月天，究竟写给谁？》，我对罗馆长对徐志摩的执着、热情，和对其人格的景仰、追思，以及对徐志摩相关诗作的研究、考证，非常认同，真是“一石激起千层浪”，受其启发，久埋于心中的问题——《再别康桥》

和《你是人间的四月天》都是写给谁的，有了更清晰的答案：我认为，这两首诗是徐志摩和林徽因互赠的情诗，无论学界有什么样不同的看法，对此，我深信不疑，下面，且听我慢慢道来：

先看《再别康桥》——这首诗写于 1928 年 11 月 6 日的晚上，发表在 12 月 10 日的《新月》杂志上，但写的是当年 7 月的剑桥。有人说是写给未曾遇到的英国友人的，但我认为从满眼的美景、满怀的风物、满篇的柔情根本看不出是写给友人的诗作；有人说是写给陆小曼的，此时，徐志摩与陆小曼已结婚两年，且已产生许多矛盾，他根本不会借剑桥景物写给小曼；从写作时间和字里行间流露出的情感，唯一可以认定的是写给林徽因的：那年初，林徽因与梁思成在温哥华成婚，昔日的恋人名花有主，诗人又来到当年追求林徽因并与之在花前月下吟诗作画、河上喜悦泛舟的剑桥，不得不触景生情！西边的云彩、河畔的金柳、波光里的艳影、软泥上的青荇、榆荫下的一潭等等，无不让诗人阅景怀人，遥想当年恋爱时的美好、心心相印的愉悦，而此时，一切都已过去，昔日的恋人，已成为别人的新娘，自己也重组了家庭，有了新欢，只能与过去的美好告别，“挥一挥衣袖，不带走一片云彩”！这是隐匿在诗人心灵深处个体无意识的显露，是他浪慢诗性的情感抒发。唯此，才能写出这等既优美又潇洒的诗篇！我们真要感谢徐志摩的这段虽美丽却失败的恋情，没有它，中国文学史上将少了一篇经典诗章！

再看《你是人间的四月天》——林徽因写于1934年的春天，徐志摩死于空难三年后的清明节。清明节是中国人怀念过世亲人、祭奠祖先的节日，林徽因在此时写出这么优美的诗篇绝对是怀人之作。有人说是写给刚刚两岁的儿子的，这是多么的牵强附会：娉婷、庄严、冠冕，这些词汇哪里是写给婴儿的？也有人说是写给大学者金岳霖的，只因为金在悼念林的挽幛上写过“一生诗意千寻瀑，万古人间四月天”的联句，这真是风马牛不相及：金岳霖暗恋林徽因不假，但作为梁思成夫人的林徽因，又是兼具传统美德的才女，怎能移情别恋于一个没有多少激情的大学者！唯一可以合情合理作出解释的是，她是写给昔日的恋人、多情的诗人徐志摩的，请看：“一句爱的赞颂”“笑响点亮了四面风”“你是天真，庄严，你是夜夜的月圆”“你梦期待中白莲”“你是一树一树的花开，是燕在梁间呢喃”，这是浪漫大诗人风神飘逸的写意画像呀！林徽因不仅写诗回忆过往对徐志摩的美好印象，而且还将徐志摩空难的飞机残片挂在自己的房间，这又是何等的重情重义！我真要由衷地感谢罗烈洪先生，根据他的考证，甚至“鹅黄色的油菜花”“轻盈、娉婷、鲜艳、伴着柔柔的风”“夜夜盼望的月圆”“柔嫩的喜悦”“一树一树的花开”这些优美的词汇竟同时出现在林徽因的一篇悼志摩的散文中，这难道是巧合吗？此时，我与罗馆长有深深的同感：“徽因先生，今天，我算是真的读懂您的这首诗了……有您心心念念不畏人言写下的那些许许多多的纪念文字，尤其还有这样一首完美无瑕、荡气回肠的诗，徽因先生，你就是志摩心中永远的知音啊！”

我与徐志摩的诗缘写到此，也该收笔了，因为在今天，杭州市徐志摩纪念馆联合海宁市徐志摩研究会召集了部分来自于全国各地的“摩丝”去海宁东山的徐志摩墓地举办祭拜活动，以纪念这位伟大的诗人遇难 89 周年。我因公务缠身不能前往，就以此文作为我献给大诗人的一缕馨香，放在他的碑前吧！

诗人早已远去，但我与诗人的诗缘还会继续……

2020.11.14 写于徐志摩祭日前

诗意的理想世界——代后记

人的一生，大都要经历时间的洗礼，春夏秋冬周而复始，生老病死无法改变；人的一生，也要经历空间的影响，天地自然让你心悦诚服，人文社会让你心生敬畏。我们所面对和生活的世界是客观的，有山川竞秀大地阳辉之美，也有山崩地裂洪水泛滥之丑。在现实的世界中，人所观察和经历的时世，既有美好生活给人的幸福，更有曲折甚或灾祸让人悲痛。那么，如何连接客观世界与主观世界，化恶为善，化丑为美，化腐朽为神奇，完全需要人的主观努力。

在所有的努力中，我非常信仰和推崇诗词创作与欣赏的功效：面对秀美山河，使人激动不已生出无限的崇高和敬意，面对花好月圆，让人心旷神怡生出无限柔情，主观世界与客观景物形成了“美和崇高”的“同构”关系。但在一般人那里，这种“同构”是客观引起的，而不是主观创造的。“天人合一”是最古老的哲学命题，“自然人化”能够让人感受到，但“人化自然”，大多数人做不到，只有少数艺术家和作家可以做到。

如何在山水之中，投射人的理想，如何在四季之中，施加美的观照，如何在人伦社会中，寻找和创造人性“情感”的光辉，以及在古今大历史中发现和塑造美的王国？诗词都是实现这一目标的途径之一：山川之美、星空之魅，如果加以优美诗句的描写和赞颂，更能引起人的“情感冲动”；春花绚烂、秋枫尽染，如能加以语言的美饰，更能让人流连忘返；亲友情深，如果能加以语词浪漫的歌吟，更能激起人们的无限柔情；甚或是对于古今中外的历史事件和杰出人物，如果能给以诗的语言的描述，那么这些事件和人物将抖落历史的尘埃而熠熠生辉……

这些年，我在繁忙的行政工作和学术研究之余，将诗词的写作和吟诵作为最大的爱好，创作了几百首诗词作品，在“自我”的主观世界里，试图去创造“他我”的“理想王国”。为了创造诗词的“自然之美”，我每到一地，都仔细观察精心感受新的环境带来的情感冲撞，在语词世界里寻找最适宜表达的载体，一篇篇吟诵大自然美景的诗词便应运而生；为了创造诗词的“浪漫之美”，我对引起我“感情冲动”的每一个经验，都进行了“移情”的再造，对人间最美好的亲友情极尽赞美之辞，于是一首首触摸人们最柔软心灵的“情诗”便款款而来；为了创造诗词的“四季之美”，春夏秋冬的任何景致引起的主观美感，我都极力地去体验和再造，于是一年四季的风物，以及引起的美好感受便以诗词的形式呼之欲出；为了创造从历史到今天的“古今之美”，我选取了对于人类的进步作出突出贡献和发生重大影响的人物进行诗词创作，为这些人物写了部分“诗传”，“思古之幽情”，让许多历史人物以“诗的观照”而“美丽再现”。这些诗词都是我的诗意的理想世界。尽管我们面对的客观世界还有大量的不美好不诗意的地方，还有大量的悲欢离合不如意的时候，但我通过我的诗词，试图让阅读的人们忘掉这些曾经或正在影响他们生活的灰暗情绪，而去回忆和迎接人世中的美好瞬间和情感冲动，从而去营造每个人自己的“诗意栖居”，这也是我这本新诗集被冠之以《诗意栖居》书名的真实目的所在。

在本诗集成书过程中，一些感人的情景历历在目：在创作这些诗词时，家人和亲友最早得到分享，不仅与我共读，有时还提出修改的建议，更有甚者，还有亲友及时写出“和”诗，并与我共赏；在某些诗词发表之后见诸于网络之时，更有有心的亲友自拟主题选上一些优美的配图以“美篇”的形式再编发表，推介我的诗词让更多人品读；在诗集筹备出版过程中，辽宁社会科学院哲学所所长张思宁研究员，就开始诗评的酝酿和写作，并与我探讨诗词的思想和灵魂问题，让我感动至极；我的族兄著名书画大师都本基先生身在加拿大蒙特利尔，远隔重洋，挥毫泼墨，题写了书名和几幅诗词书法作品，不仅使诗集大为增色，而且展现了中国书法之美，让我感到了亲情的温暖；还有出版社的社长和编辑，多次驱车数百里来到我工作的地点与我商量诗集出版事宜；更让我感到友情之重的是，著名朗诵艺术家房明震先生携几位辽宁朗诵名家刘艺、于彬、宋丽欣与我一起为每首诗进行了历时两天的配乐朗诵录制（本书每首诗前都有二维码，读者可扫一扫，边听边读），此情此景已在我心中定格，将永远铭刻在记忆深处；88 岁高龄的我国著名文艺理论家、美学家王向峰先生不仅以最快的速度阅读了我的全部诗稿，而且还饱含深情地写出了长篇序言，对我的诗作进行了点评，还创作了两首律诗进行概括和总结……不仅仅这些，从写作诗词到结集出版诗词的全过程中，我深深地感受到了世间的人性之善、人情之美、人间之爱，我将会以此为激励，继续“诗意栖居”，创作出更多更美的诗词，为人们营造更多更美的“诗意生活”！

都本伟

2020 年 11 月 3 日晨